Martina Lange

Sommersüße

BoD - Verlag

Buch

Martina Lange schreibt seit ihrem 10. Lebensjahr
Kurzgeschichten. Sie studierte "Literarisches Schreiben" in
Frankfurt a.M. und lebt mit ihrer Familie im
Weserbergland.

Sommersüße und viele andere Kurzgeschichten
entstanden hier.
Darunter die Gewinner diverser Literatur-Wettbewerbe:

"Feuerzorn"
"Von dem was bleibt"
"Meine Freiheit, deine Freiheit"
"Südwest im Herzen"
oder
"Rose"

Martina Lange

Sommersüße

Kurzgeschichten

BoD - Verlag

Bibliographische Information der Deutschen
Nationalbibliothek:
Die Deutsche Nationalbibliothek verzeichnet diese
Publikation in der Deutschen Nationalbibliografie,
detaillierte bibliografische Daten sind im Internet über
http://dnb.dnb.de abrufbar.

©2019 Martina Lange
Herstellung und Verlag
BoD - Books on Demand, Norderstedt

ISBN: 9 783749 431014

Für

Anna und Sarah

Inhalt

I. Teil:
Schattenwelt 9
Rose 17
Meine Freiheit, deine Freiheit 27
Spiegelbild 37
Sommersüße 41
Extempore 45
Landlust 49
Der Jäger 59
Der Ruf des Käuzchens 65
Drei minus Eins 73
Wetterwechsel 81
Das Gedicht 91

II. Teil:
Tanz in den Mai 101
Feuerzorn 111
Zwei Kilo Fleisch oder "von Sweine un Kartuffeln" 121
Südwest im Herzen 131

III. Teil:
Craig na Dun 139
Verrechnet 149
Im Schatten der Weißen Wächter 157
Kristallmond 167

IV. Teil:
Utopia 177
Herzstolpern 183
Von dem was bleibt 193

I. Teil

Schattenwelt

Der Januar klebte auf den Straßen und Gehwegen. Lucie zwängte sich aus der überfüllten Straßenbahn. Die herandrängenden Fahrgäste versperrten ihren Weg und so trat sie in eine der ölig schimmernden Pfützen.

Sofort durchweichte die trübe Salzbrühe ihren Stiefel. Angeekelt schüttelte sie das eisige Wasser ab und überstieg einen der schmutzigen Schneehügel vor der Haltestelle. Schnee rutschte von oben in den Stiefelschaft. Nun waren beide Füße nass und kalt.

Notgedrungen ergab sie sich den widrigen Umständen, zog ihren schwarzen Schal zurecht, die dazu passende Mütze über beide Ohren und tief ins Gesicht. Ein eisiger Windstoß trieb die mit ihr Angekommenen auseinander und auch Lucie vor sich her.

Die Luft roch nach Schnee und Abgasen. Die Hände tief in den Taschen vergraben, wich sie entgegenkommenden Passanten aus. Jemand trat unerwartet aus einem der Geschäfte. Lucie gelang es gerade noch auszuweichen, um einen Zusammenstoß zu verhindern, und geriet dafür in den Strom der Vorbeieilenden. Von allen Seiten erntete sie unwillige Äußerungen. Über die Köpfe hinweg bemerkte sie für einen Moment die Gestalt eines Mannes.

Anfang dreißig, markantes Gesicht und Brille. Er erinnerte sie vage an ihren neuen Nachbarn, der ihr immer so hilfsbereit die Tür aufhielt. Sobald sie aber seinen Blick über ihr Gesicht streichen spürte, wandte sie sich rasch ab. Sie wollte niemandem auffallen.

Die Laternen tauchten die Gehsteige in mitleidlose Helligkeit. In den Ecken, hinter den Müllcontainern und Hinterhöfen wurde die Dunkelheit dagegen umso dichter.

Dort war eine ganz andere Welt. Geboren erst durch die Erleuchtung aller Wege, entzog sie sich den kalten, grell schillernden Lichtern der Stadt. Allgegenwärtig fraßen sie ausnahmslos selbst den kleinsten Funken positiver Energie. Alles erschien fahl, besonders die Menschen. Ihre blicklosen Augen steigerten Lucies Schaudern, beschleunigten ihre Schritte, während sie sich zwang, nur auf den versulzten Gehweg zu sehen. Noch zwei Straßen, sprach sie sich innerlich Mut zu, dann war sie zu Hause.

Sehnsüchtig dachte sie an ihre Küche, in der sie an anderen Tagen zu dieser Zeit bereits ihren Kakao trank.

Heute hatte sich Frau Freitag an Lucie erinnert. Die Erinnerungen kamen ihrer Kollegin immer dann, wenn der

Chef bereits gegangen war und auch Frau Freitag früher nach Hause wollte. Lucie hatte genickt, woraufhin Frau Freitags Mund gelächelt und sie "Schätzchen" genannt hatte.

Morgen konnte sie wieder allein frühstücken, wenn sie erneut unsichtbar geworden war. Das störte Lucie nicht im geringsten, wohl aber der Umstand, an den mit Finsternis bevölkerten Winkeln vorbeigehen zu müssen.

Allmählich wurde die Zahl der Entgegenkommenden geringer. Nun konzentrierte sie sich ganz auf das vor ihr liegende Mietshaus aus den späten Sechzigern. Als sie die Haustür öffnete, drängte sich der vertraute Geruch von Bohnerwachs und Küchendünsten an ihr vorbei.

An der linken Tür im ersten Stock mischte sich kalter Zigarettenrauch hinzu. Lucie verzog heute nicht einmal das Gesicht. Sie hastete lediglich weiter die Stufen hinauf. Vorbei am dritten Stock mit den Blumen vor der einen Tür und dem gelben Sack vor der anderen, bis hinauf zum Dachgeschoss. Noch bevor sie ihre eigene Wohnung erreichte, hielt sie bereits den Schlüssel in der Hand. Ihr Nachbar kam ihr schwungvoll mit wehendem Schal auf den letzten Stufen entgegen. Er grüßte fröhlich, stolperte über die nächsten zwei Stufen und eilte unbeirrt weiter die Treppe hinunter. Lucie erstarrte, murmelte ein schmales

'Guten Abend', aber das hörte er sicher nicht mehr. Er sah aus wie jener Mann, der sie nach dem Beinahzusammenstoß angesehen hatte. Konnte es sein, dass sich zwei Menschen dermaßen ähneln? Verwundert steckte sie den Schlüssel in die Tür. Dieser Tag war eindeutig zu lang gewesen.

Im kleinen Flur entledigte Lucie sich achtlos der feuchten, schwarzen Jacke, gefolgt von Schal und Mütze. Mit beiden Händen wuschelte sie sich ihre geplätteten blonden Haare auf. Eigentlich mochte sie keine Mützen. Die aufflammende Küchenlampe beschien die Reste ihres Frühstückstoasts, dessen Rinde sich welk in die Höhe bog. Wie mahnende Zeigefinger reckten sie sich ihr entgegen.

'Du hast wieder den Tisch nicht abgeräumt', hörte sie die Stimme ihrer Mutter. Lucie seufzte, warf den Toast in den Mülleimer und die Stimme gleich hinterher.

Die Nacht hinter dem kleinen Dachfenster flackerte ihr kalt entgegen. Lucie ließ aus der Geborgenheit ihrer Küche den Blick schweifen. Von links, wo die dunkle Fläche des Parks lag, nach rechts, vorüber an den großen Wohntürmen der Trabantenstadt. Schneeregen klatschte nun schwer auf die Scheibe und nahm ihr die Sicht. Entschlossen zog sie das Rollo herunter.

Sie schmierte sich ein Käsebrötchen und legte es auf den

Frühstücksteller. In der Zwischenzeit begann der Wasserkocher zu brodeln. Und endlich stieg ihr tröstlich der warme, süße Duft von Kakao in die Nase. Jetzt noch eine Prise Zimt ... hmm. Winter und Zimt gehörten einfach zusammen.

Vor sich hinsummend balancierte Lucie ihr "Mahl" in das angrenzende Wohnzimmer. Im Vorbeigehen schaltete sie den Fernseher ein. Die meisten Filme hatten bereits begonnen. Nach dieser Art von Unterhaltung stand ihr sowieso nicht der Sinn. Achtlos biss sie in ihr Brötchen, während sie mit dem Finger an ihren DVDs entlangwanderte. Ihre Regale waren abwechselnd angefüllt mit Büchern, CDs und DVDs. Neben- und übereinander, manchmal voreinander - ein Umstand, welcher ihr das Finden regelmäßig erschwerte - stapelten sie sich dicht gedrängt. Lucies Finger fanden endlich einen ihrer Lieblingsfilme. Sie zog ihn aus dem Regal und legten ihn neben ihren Teller auf den Wohnzimmertisch. Aus den großen Augen der lachenden Mädchen strahlte ihr überschwängliche Energie entgegen. Vorfreude und der Kakao wärmten sie bis in die kleinen Zehen durch.

Im Schlafzimmer entledigte sie sich ihrer Arbeitskleidung. Schwarze Jeans und hellgraue Bluse wurden ordentlich auf den Bügel gehängt und keines Blickes mehr gewürdigt.

Entzücken erfüllte sie, als sie die linke Seite ihres Kleiderschrankes öffnete. Farbenfroh begrüßte sie der Inhalt. Ein blauer Minirock mit weißem Saum, dazu das passende Oberteil. Ein wenig erinnerten die Kleidungsstücke an die Uniformen von Matrosen, abgesehen von der roten Schleife. Behutsam schlüpfte Lucie in weiße, halterlose Strümpfe, die ihre langen Beine betonten. Schließlich frisierte sie sich neu. Ordentliche Zöpfe mit ebenfalls roten Schleifen versehen. Lucie drehte sich vor dem hohen Standspiegel und lächelte. Zum ersten Mal an diesem Tag.

Der Vorspann begann und Lucie sang ihn leise mit. Längst kannte sie die Texte auswendig. Hier war ihre Welt. Und einen Augenblick später tauchte sie ganz darin unter. Bunt und fröhlich leuchtete sie ihr entgegen und sie strahlte zurück.

Es klingelte! Lucie zuckte zusammen. Wer mochte das sein um diese Zeit? Sie stoppte die DVD und öffnete die Wohnzimmertür. Ganz leise, auf Zehenspitzen, schlich sie hinüber zur Wohnungstür. Die Kette war eingehängt, glücklicherweise. Leider hatte sie vergessen, das Licht im schmalen Flur zu löschen. Sie konnte also nicht vorgeben fort zu sein. Es klopfte.

Ein Schatten bewegte sich vor dem Glaseinsatz. Zitternd

drehte sie den Schlüssel und öffnete die Tür, so weit die Kette es zuließ.

Nasse Winterstiefel, nasse Hosenbeine, nasser Wintermantel und das rot gefrorene Gesicht ihres Nachbarn füllten den schmalen Spalt aus. Sein Blick war Entschuldigung und Verzweiflung gleichermaßen. Ein verlorener Junge.

"Bitte, ich habe meinen Schlüssel verloren und ich kann ihn in den Schneehaufen vor der Tür einfach nicht finden. Mein Handy ist noch in meiner Wohnung. Könnte ich vielleicht Ihr Telefon benutzen? Den Schlüsseldienst anrufen oder so ...?" Er verhedderte sich in seiner Ratlosigkeit und seine nervösen Finger in den dunklen Brillenbügeln.

Lucie starrte ihn noch immer sprachlos an. Dann runzelte sie die Stirn. Seine Augen waren so anders: lebendig und voller Wärme. Stand er noch nicht unter dem Einfluss des kalten Lichtes? Eine Welle längst verloren geglaubten Vertrauens stieg in Lucie empor. "Oh, natürlich. Einen Moment bitte." Ungeschickt entfernte sie die Kette und öffnete ihre Wohnungstür. Bat einen Fremden hinein.

"Danke sehr", lächelte er erleichtert und ließ seine Verlegenheit mit dem Schneematsch auf der Fußmatte zurück. Unter seinem Mantel blitzte das Emblem eines Superhelden auf.

Rose

"Bist du dir wirklich sicher, dass wir hier Staub wischen sollen?" Ayshe wandte sich zu ihrer Kollegin um, die mit Staubsauger und Feudel bewaffnet an ihr vorbei durch die Tür drängte.

"Na, klar! Der Chef hat gesagt: alles. Und es wird auch wirklich Zeit, wenn du mich fragst. Der alte 'Gobbe-Läng' hatte es wirklich nötig. Und jetzt sieh dir das an ... Die letzte Reinigungskolonne hat wahrscheinlich nur um den Wandbehang herum geputzt." Entrüstet stemmte Evi die Hände in ihre ausladende Hüften und sah sich kopfschüttelnd um.

Nach einiger Anstrengung war es den beiden Frauen gelungen den Gobelin von der rückwärtigen Wand des Ausstellungsraumes im Besucherzentrum Sababurg herunterzunehmen. Dahinter kam eine, über und über mit staubbedeckte, leicht angelehnte Tür zum Vorschein. Evi stemmte ihre resoluten zweihundert Pfund dagegen und endlich gab das Holz knarrend nach.

Staub lag zentimeterdick auf den Möbeln, in den Mauerritzen und bedeckte flockig die Steinplatten. Spinnweben hüllten die Deckenbalken und ein Bett ein. Die Farbe der Vorhänge war nicht zu erkennen.

"Ich weiß nicht. Das sieht hier nicht wie ein Teil des Besucherzentrums aus." Ayshe stand noch immer unschlüssig an der Tür, während Evi bereits begonnen hatte, mit dem robusten Sauggerät den Boden und die Wände zu bearbeiten.

"Nu' steh da nicht so rum. Wir wollen heute noch fertigwerden. Nimm die Vorhänge ab, die müssen in die Reinigung." Während Evi ihre brüllende Gerätschaft hinter sich her zerrte, umrundete Ayshe langsam das riesige Himmelbett.

Die vier Vorhänge waren rundum geschlossen. Als sie einen zur Seite ziehen wollte, zerfiel der morsche Stoff zwischen ihren Fingern. Fetzen uralten Samtes hingen noch in den Befestigungsringen, während der Rest zu Boden rieselte. Ayshe wich vor dem Anblick, der sich ihr offenbarte, zurück. Der schreckerstickte Laut aus ihrer Kehle konnte das Brummen nicht übertönen. Sie tastete nach dem Kabel und zerrte daran. Endlich flog der Stecker aus der Dose nebenan.

"Ja zum Kuckuck ...!" Evi fuhr entrüstet herum und bedachte Ayshe, die noch immer das Kabel in der Hand hielt, mit einem finsteren Blick.

"Da ...", würgte die junge Türkin hervor und deutete endlich auf das Bett.

Evi stieß einen unwillig schnaubenden Laut aus und begab sich an Ayshes Seite. Nun nahm ihr Gesicht die Farbe des Staubes an.

"Ach du heilige ...", erstarb der Rest des Ausrufs. "Los, raus hier!"

"Was treiben Sie dort?" Die Historikerin des Museums, Bella Prinz, stand entrüstet vor dem nachlässig zusammengelegten, wertvollen Wandteppich. Ein Gobelin aus dem frühen Mittelalter, auf welchem dreizehn weise Frauen dargestellt waren, und der eigentlich die rückwärtige Wand des Ausstellungsraumes bedeckte. Zu der scharfen Zurechtweisung, die sie sich bereitgelegt hatte, kam es jedoch nicht. Zwei Reinigungskräfte stürzten beinah panisch durch einen Türbogen hinter einem der Schaukästen. Nur stolpernd kamen die Frauen, durch den Gobelin zu ihren Füßen aufgehalten, Bella gegenüber zum stehen.

"Wir ... Das müssen Sie sich ansehen. Bitte, kommen Sie!", drängte Evi und die Erleichterung auf eine Verantwortliche getroffen zu sein, war ihr deutlich anzuhören.

"Nö, ich geh da nicht mehr rein!" Ayshe wich entsetzt zurück.

"Wovon sprechen Sie eigentlich?"

"Na, der Raum. Hinter dem 'Gobbe-Läng' ..." Evi deutete zur weit offen stehenden Tür. Die Historikerin sah zweifelnd von einer Putzfrau zur anderen.

"Dort gibt es keinen Raum", beharrte Bella. Schließlich kannte sie die Pläne der Burg genau und in diesem restaurierten, nicht ausgebrannten Teil des Gemäuers, war jeder Zentimeter genauestens von ihren Vorgängern und von ihr selbst untersucht worden. Oder gab es Lücken in der Aufzeichnung?

Evi zog die Augenbrauen hoch. "Na, aber doch! Sehen Sie nur. Und dann ... auf dem Bett. Uh, es ist so gruselig. Wir sollten die Polizei rufen, oder ... Na, wenn das allerdings wieder so ein Trick sein soll, um noch mehr Gäste in die Burg zu locken, ich weiß nicht. So etwas würde ich mir nicht freiwillig ansehen wollen." Sie verschränkte ihre Arme vor der Brust. Mit der wiedergefundenen Fassung kehrte auch die Farbe in ihr Gesicht zurück.

Eindeutig war dort eine kleine Kammer. Licht schien diffus durch ein sehr hoch sitzendes, winziges Fenster, beinah schon auf Deckenhöhe. Sehr ungewöhnlich. Vielleicht eine Schießscharte? Bella räusperte sich. "Ich werde es mir ansehen. Bitte machen Sie erst einmal eine Pause, wir sprechen uns später noch einmal, wenn ich den Direktor informiert habe."

Evi fasste die erstarrte Ayshe am Kittel und zog sie mit sich zur Cafeteria. "Komm schon, wir machen später weiter."

Bella trat unter den Türbogen. Nein, das hier war eindeutig keine neue Strategie, um Besucherzahlen zu erhöhen. Diese Schlafkammer war echt, das sah sie auf den ersten Blick. Hoffentlich hatten die beiden keine historisch wichtigen Details zerstört.

Das herrlich gearbeitete Himmelbett fing ihren Blick ein. Eilig zog sie die weißen Handschuhe aus ihrer Hosentasche, die sie als notwendige Ausrüstung immer bei sich hatte, und streifte sie über. Die kostbaren alten Folianten des Burgarchivs verziehen es nicht, wenn sie mit feuchten Fingern in Berührung kamen.

Vorsichtig strich Bella über einen der gedrechselten Pfosten. Kirschholz kam unter dem Staub zum Vorschein. Sie sah sich um. Man konnte genau erkennen, bis zu welcher Stelle die Putzaktion vorangekommen war. Aufgewirbelte Staubflocken tanzten über einer eisenbeschlagenen Truhe und ließen sich auf einem hochlehnigen Stuhl nieder. Daneben stand ganz und gar verhüllt von Spinnenseide ein Spinnrad.

Unter Bellas Haut begann es zu kribbeln. So ein Unfug! Sie lebte im einundzwanzigsten Jahrhundert und hier wurden

Märchen nicht unversehens zur Realität, selbst wenn sie in der Burg arbeitete, die als Ursprungsort desselben galt. Trotzdem sah sie sich verstohlen nach der Spindel um, konnte sie aber nicht entdecken. Nun, vielleicht war sie vom Staub verschluckt worden. Langsam näherte sich Bella dem Bett von der Seite, auf welcher ein Teil des Vorhanges heruntergerissen war. Die Härchen auf ihren Armen stellten sich auf. Bis hinauf zu ihrer Kopfhaut. Und sie schluckte trocken. Es war nicht verwunderlich, dass die beiden Frauen zuvor so schockiert gewesen waren.

Die Zeit stand still. Der Staub hörte auf zu tanzen, verharrte regungslos in der Luft und Bella hielt den Atem an.

Unter einem feinen Gespinst aus Gaze und Staub lag ein Körper. In Burgen war es durchaus üblich gewesen, dass ein Mörder sein Opfer hinter geheimen Türen oder Mauern verschwinden ließ. Wenn sich hier etwas Ähnliches ereignet hatte, so war das vor sehr, sehr langer Zeit geschehen. Bella wappnete sich davor, in das Gesicht einer mumifizierten, hoffentlich reichlich alten, Leiche zu blicken. Die Aussicht auf die Schlagzeilen in den Tageszeitungen und den anschließenden Besucherstrom, der ihren Arbeitsplatz sichern würde, gab ihr Mut. Bella streckte die Hand aus. Ihre Finger zitterten leicht, als sie nach dem Gewebe griff und es langsam vom Gesicht der Frau zog.

Ein Antlitz, frisch wie ein Frühlingsmorgen, strahlte ihr entgegen. Die Wangen, rosig überhaucht vom tiefen Schlaf, auf welche lange dunkle Wimpern zarte Schatten zeichneten. Das edle Haupt, umschmeichelt von goldenem Lockengewirr. Der Anblick nahm Bella gefangen und rauschte durch ihre Adern wie junger Apfelwein.

Das konnte nicht sein! Bella riss die Hand zurück. Nachdem sie qualvolle Minuten damit verbracht hatte, ihren Verstand wieder unter Kontrolle zu bringen, siegte die Neugierde. Vorsichtig trat sie erneut an die Schlafstätte. Mit dem Fuß stieß sie an einen Gegenstand. Bella bückte sich und fand die Spindel unter dem Bettrock. Sie lag genau an jener Stelle, wohin sie aus der erschlafften Hand der wunderschönen Frau gefallen war.

Bella presste die Spindel an ihre Brust. Ein Knistern erfüllte die Luft. Sie fühlte sich sonderbar losgelöst, als wäre sie aus der Zeit herausgetreten. Ergriffen schloss sie kurz die Augen. Alles war genauso, wie sie es in einem der alten Folianten gelesen hatte. Sie war sich nun sicher, was zu tun war, und dass sie es nicht verhindern wollte. Zu allem entschlossen beugte sie sich vor.

Ein zarter Duft nach kandierten Rosenblättern umschmeichelte sie, als Bellas Lippen den Mund der jungen Frau berührten. Ein Seufzen schwang durch die Vorhänge und von fern vernahm Bella die Erlösung versprechende Prophezeiung der zwölften Weisen Frau:

"Der wahren Liebe erster Kuss wird den Fluch der dreizehnten Weisen Frau brechen und Rose wird wieder erwachen." Rose seufzte leise und reckte sich.

25

Meine Freiheit, deine Freiheit

Dotty ließ sich das geöffnete Buch aufs Gesicht fallen. Sie stöhnte in die bedruckten Seiten der menschlichen Frühgeschichte, als könnte ihr Hilferuf erhört werden und einige Homo Sapiens zu ihrer Rettung herbeieilen lassen. Stattdessen stampfte der Bass aus dem Nachbarhaus herüber.

Wild skandierte eine Stimme in Dottys Kopf: Nein! Neinnein!! Oh NEIN!

Das unschuldige Buch flog mit einem Schwung in die Ecke der Terrasse, wo es sich an einer Retro-Schale der Bandkeramikzeit den Rücken brach. Dotty schwang sich von der Liege. Nicht schon wieder! Wenn sie von ihren bisherigen Erfahrungen ausging, so würde sie heute Nacht keinen Schlaf bekommen. Ein hässlicher Gedanke überwucherte den nächsten, wobei diese immer blutigere Blüten trieben. Entschlossen trieb sie sie zurück in ihre geistigen Verließe und knallte zum Ausgleich die Terrassentür hinter sich zu.

Natürlich würde sie weder das Haus ihres Nachbarn in die Luft sprengen - sie wüsste noch nicht einmal, wie sie das anstellen sollte - noch dessen Reifen zerstechen. Und auch die Polizei anzurufen, ein im Übrigen sehr ärmlicher

Versuch, mit seinem einzigen Nachbarn weit und breit nicht in Kontakt zu treten, unterließ sie, nachdem ein weiteres Nachschlagewerk und eine Obstschale gemeinsam das Zeitliche segneten.

Nach einigen Fehlversuchen, über die steinbrechenden Akkorde hinweg Kontakt aufzunehmen, war Dotty letztlich so verzweifelt, dass sie im nächsten Hotel ein Zimmer für die Nacht buchte.

Ausgerüstet mit ihrem Weekender machte sie sich entschlossen auf den Weg. Sie würde wunderschön essen und einen langen Spaziergang rund um den nahegelegenen See machen. Um der gemeinen Stimme in ihrem Innersten zumindest ein wenig Rechnung zu tragen, warf sie noch eine pubertäre Grimasse in Richtung der vibrierenden House-Klänge und fuhr los.

Ausgeschlafen und mit sich und der Welt wieder im Einklang, kehrte Dotty am Sonntagmittag von ihrer Flucht zurück. Aber sie hielt nicht an ihrem Haus, sondern parkte direkt vor dem Carport ihres Nachbarn. Schwungvoll umrundete sie den dort abgestellten Motorpark, übersprang die zwei Stufen vor der Haustür und drückte entschlossen auf den Klingelknopf.

Auf ihrer Wanderung um den See - ein simpler Spaziergang hatte zur Nervenberuhigung nicht ausgereicht - war sie zu einem Entschluss gelangt: Dass sie ihre Verärgerung weiter an ihren Büchern ausließ, brachte gar nichts. Jetzt würde sie Klartext sprechen.

Im Haus regte sich nichts. Selbst nach erneutem Klingeln blieb alles still. Nachdem Dotty noch ein drittes Mal geklingelt hatte, zwickte sie schon das schlechte Gewissen. So etwas tut man nicht. Man belästigt niemanden, der eventuell gar nicht öffnen möchte.

Enttäuscht, weil sie ihren einmal gefassten Plan nicht in die Tat umsetzen konnte, wandte sie sich zögernd zum Gehen, als die Tür des Wohnmobils unter dem Carport geöffnet wurde.

Ein strubbeliger, weizenblonder Schopf erschien im Türspalt. Verwundert blinzelten sehr kleine Augen in den Mittag.

"Jaa?", kam es gedehnt und ging in ein haltloses Gähnen über.

Dotty räusperte sich und trat einen Schritt näher. Bevor sie jedoch zu ihrem Anliegen kam, brummte ihr Gegenüber:

"Oh Mann! Jetzt kommen diese Vertreter schon am Sonntag. Kann ich nicht mal an einem Tag in der Woche ausschlafen? Ich kaufe nichts, geh weg." Damit klappte er die Tür zu.

"Hallo? Nein, ich bin keine Vertreterin. Ich ..." Dotty starrte auf die geschlossene Tür. So etwas? Instinktiv hob sie die Hand und klopfte.

Diesmal flog die Tür mit ziemlichen Schwung auf.

"Was?", herrschte der nun recht muntere Nachbar sie an. Seine Augen sprühten blaue Funken.

"Ich bin Ihre Nachbarin, Dotty Vogel. Es tut mir leid, wenn ich Sie gestört habe, aber ich muss mit Ihnen sprechen." Obwohl ihre innere Stimme befand, dass sie sich kein bisschen schuldig fühlen musste, bemühte sie sich um ein gewinnendes Lächeln und fand, dass sie nun ganz sicher wie eine Vertreterin wirkte.

"Oh, ..." Die zerfurchte Stirn ihres Gegenübers begann sich allmählich zu glätten. "Na gut. Wenn es dich nicht stört, dass ich noch nicht aufgeräumt habe ..." Er trat beiseite und wies mit einer einladenden Geste in den dämmrigen Innenraum. Dotty musterte das enge Chaos. Ihr Gesichtsausdruck schien wieder einmal mehrteilige Bände füllen zu können.

"Ist vielleicht doch keine so gute Idee, oder?" Der Nachbar warf einen Blick über die Schulter, federte die Metallstufen hinunter und grinste Dotty an.

"Ach ja, ich bin übrigens Frank. Frank Knapp." Damit war er auch schon an ihr vorbei. "Kaffee?" In der offensichtlichen Gewissheit, dass sie ihm folgen würde, schloss er die Haustür auf und verschwand.

Unsicher, was sie als Nächstes erwarten würde, schlängelte sich Dotty an einem Berg Schmutzwäsche im schmalen Flur vorbei. Ein Blick in die Küche verriet ihr, dass er wohl kaum in der vergangenen Woche aufgeräumt hatte.

Tapfer nickte Dotty ihm zu, als er fragend mit der Kaffeekanne wedelte. Obwohl sie starke Zweifel hegte, ob sich in diesem Experimentierfeld eines Chaostheoretikers überhaupt eine saubere Tasse finden ließ. Dennoch schien er eigentlich ganz nett zu sein.

Na los, Dotty, du schaffst das, sprach sie sich selber Mut zu.

"Ist gestern wieder spät geworden?", hauchte sie durch den Kaffeeduft und sah zu Frank hinüber.

Er schenkte sich ebenfalls ein und lehnte sich gegen die Arbeitsplatte. Ein Stapel schmutziger Teller geriet verdächtig ins Schwanken. Achtlos schob er ihn beiseite.

Ohne ein Wort zu sagen fixierte Frank sie. Dotty hielt schon nach wenigen Lidschlägen unruhig nach einem Punkt Ausschau, der es ihr ermöglichte, diesem intensiven Starren zu entgehen. Unvermittelt stieß er sich ab und marschierte aus der Küche.

"Komm mal mit", bestimmte er und bog um die Ecke. Dotty blieb wieder nichts anderes übrig, als seiner Aufforderung zu folgen.

Im Dämmerlicht am Ende des Flures lauschte sie unsicher, wohin er wohl verschwunden sein mochte. Mit dem verborgenen Brummen von Motoren hoben sich die Rollläden. Sonnenlicht flutete das Wohnzimmer und geblendet kniff Dotty die Lider zu.

Als sich ihre Augen an die Helligkeit gewöhnt hatten, sah sie sich Frank gegenüber, der mit einer Metallstange in Händen direkt auf sie zukam. Er wollte sie erschlagen. Ein Psychopath! Entsetzt wich Dotty zurück. Wo war die Tür? Wie hatte sie einem Wildfremden nur in die Wohnung folgen können? Schweiß sammelte sich an ihrem Rückgrat und durchnässte ihre Bluse. Da hob dieser Irre schon die Stange und Dotty konnte nichts anderes tun, als ihn anzustarren wie die Beute den Jäger. Nur Zentimeter von ihr entfernt blieb er stehen, die Stange zum Schlag erhoben.

"Darf ich mal? Ich muss da mal ran." Dotty blinzelte. Frank deutete an die Decke. Dort befand sich eine Bodenluke und die Stange war der Schlüssel.

Sich der eigenen Stimme nicht sicher krächzte Dotty: "Oh, natürlich."

Und Frank grinste wieder.

Gewandt öffnete er den Zugang zum Dachboden, zog die Leiter herunter und stieg nach oben.

"Mitkommen!", kommandierte er. Und Dotty folgte ihm, trotz ihrer weichen Knie und obwohl sie sonst mit Ablehnung auf einen solchen militärischen Befehlston reagierte.

Auf der obersten Stufe der Leiter war Frank stehengeblieben und ließ Dotty gefühlte fünfzehn Zentimeter Platz neben sich.

"Komm hierher. Ich fress' dich schon nicht." Er streckte ihr die Hand entgegen. Weil sich Dotty noch immer wegen ihrer dunklen Verdächtigungen gegen ihn schämte, ergriff sie seine Hand und ließ sich neben ihn ziehen. "Schau", flüsterte er.

Dotty sah sich um. Was sich ihr in dem diffusen Licht des Dachbodens offenbarte, spottete jeder Beschreibung. Die Dämmung hing in Fetzen zwischen den Dachsparren herunter. Gelbe Vliese, Alufolieschnipsel, Eierschalen und Reste undefinierbarer Mahlzeiten verteilten sich über den ganzen Dachboden.

"Du liebe Zeit, was ist denn hier geschehen?" Dotty starrte Frank entsetzt an. Genau in diesem Augenblick setzte wieder die trommelfellzerstörende Musik ein. Instinktiv presste sich Dotty die Hände auf die Ohren und wäre beinah die Leiter hinuntergestürzt. Ein kraftvoller Arm hinderte sie daran und half ihr nach unten.

Dort angekommen schloss Frank wortlos die Luke. Sein Gesichtsausdruck erinnerte Dotty an ihre letzte Wurzelbehandlung. Eine Unterhaltung war unter diesen Umständen nicht möglich. Sie deutete energisch zur Tür und genoss es, ihn einmal herumkommandieren zu können. Vor der Haustür wies sie zum angrenzenden Grundstück.

"Kaffee bei mir!"

In Dottys Küche war das Wummern noch immer zu spüren, aber so war zumindest eine Unterhaltung möglich.

"Dass man die Bässe so weit spüren kann, hätte ich nicht gedacht." Beinah klang das schon wie eine Entschuldigung, dachte sie und machte sich Hoffnung, bald zu einer Lösung zu kommen.

"Es tut mir leid, ich hätte vielleicht früher Bescheid geben sollen."

"Hm, ja, das wäre sicher von Vorteil gewesen." Der innere böse Zwerg genoss, wie kleinlaut ihr Nachbar war. Aber

Dotty stieß den Wicht energisch zurück in die hinterste ihrer Gedankenschubladen. Er war jetzt mehr als nur unerwünscht.

"Also, warum diese Lautstärke und die Zeitschaltuhr?"

"Eigenbedarf." Nur ein Wort, als ob das alles erklärte. Frank unterstrich seine anschließende ausführlichere Erklärung mit einem gewinnenden Lächeln. Nicht lange danach verschwand Dotty in ihrem Wohnzimmer.

"Damit dürfte er nicht rechnen", schmunzelnd reichte sie Frank eine CD.

"Russ Ballard?"

Dotty nickte und das Funkeln in ihren Augen erinnerte an geschliffenen Stahl.

"Voices."

"Voices? Klasse!"

Als die Zeitschaltautomatik das nächste Mal die CD aktivierte, ertönte der nervenzerfetzende Klang einer Kreissäge.

Dotty griente über das ganze Gesicht, während sie ihre neuen Ohrenschützer aufsetzte. Ein Mitbringsel von Frank, extra für das Arbeiten an Industriesägen.

Nach dieser Spezialkur würde der Marder bestimmt nicht wieder zurückkehren und Frank und sie konnten endlich die nachbarschaftliche Stille genießen. Gemeinsam.

Spiegelbild

Das Gesicht im Spiegel. Wie es sie ansah. Augen, in tiefen Höhlen, flammten Rubina aus einem Gewirr winziger Fältchen erbittert entgegen. In der Dunkelheit erkannte sie dort noch immer das junge Mädchen, dass sich ungeduldig auf das Abenteuer eines jeden neuen Tages stürzen wollte. Selbst wenn dieses sich nun beinah verloren hatte im Netzwerk vergangener Jahre.

Weißgraue Strähnen ringelten hinunter bis auf die Schultern. Jedes Haar war der Ausdruck von gelebter und durchliebter Zeit, eines vergangenen Schmerzes. Sie erzählten ihre Geschichte.

Und hinter dem spiegelnden Schein sah sie bereits das Morgen hämisch lachen über ihrem bleichen Schädel. Rubina schauderte und senkte den Kopf.

War es erst gestern gewesen, da die straffen Wangen rosig schimmerten. Rubina fuhr sich mit den fleckigen Händen über die hängenden Wangen.

Einst hatte dieses Gesicht Männer in den Wahnsinn getrieben. Dieses Haar tizianrot geschimmert. Unter dem vollen Mond seliger Augustnächte hatte sie sich ihrem Verlangen ergeben. In dieser reifen Welt, die geduftet hatte nach Pfirsich und Wein und erfüllt gewesen war vom Lied der Zikaden. Oder als sie badete in dem Schweigen, das sich hinter einer wispernden Regenwand über die grün duftende Welt legte, so lockend.

Rubina wog den kugeligen Parfümzerstäuber in der Hand. Noch einmal erwiderte sie ihren Blick. Ihr gläsernes Gegenüber nickte entschlossen, und so warf sie das schwere Gefäß in die Mitte des Spiegels.

Aus dem Einen wurden viele, Handtellergroß oder Fliegenflügel klein und jeder zeigte ein Bild von ihr und jedes war anders. Sie blinzelte sich noch einmal an, dann stoben glitzernde Splitter zwischen den Haaren des Handfegers auf und verwandelten den Innenraum ihres Mülleiners in ein silbernes Mosaik. Vergangener schimmernder Schein. Und die hundertfache Rubina schlüpfte zurück. Wer ist noch wahr, was noch das Ich? Wie viele Wahrheiten gab es hinter dem schwarzen Glas gesplitterter Zeit?
Sie konnte sein wie immer sie wollte, solange sie in sich blieb. Solange sie atmete.

Auf der Straße flüsterte ein junges Mädchen ihrem Freund zu: "Wenn ich so alt bin wie sie, dann möchte ich auch so aussehen."

"So runzlig? Wie eine Dörrpflaume?"

"Ach, Quatsch. Sieh doch, sie ist unglaublich schön. Sie ist ganz bei sich selbst. Die braucht weder Schminke noch Haarfarbe oder künstliche Einbauteile."

Verständnislos starrte ihr Freund sie an und der Alten hinterher.

Rubina drehte sich um. Sie fing den Blick des jungen Mannes ein und lächelte. Die Patina schmolz. Dahinter sah er das Mädchen auflachen. Und sie war schön.

Sommersüße

Ein Schatten flattert über mich hinweg. Der Schreck raubt mir den Atem. Laut schimpfend hockt der diebische Vogel hoch im Geäst. Seine schwarzen Augen fixieren mich missbilligend. Weit außerhalb meiner Reichweite, drohe ich ihm mit der erhobenen Faust.

Frühsommer füllt die Gärten und spät versinkt die Sonne hinter dem Horizont. Gedämpft durch das dichte Laub der Hecken ringsum, dringen die Stimmen der Nachbarn zu mir herüber. Ich werde heute nicht zu ihnen hinübergehen. Die sollen uns nicht stören. Entschlossen wende ich mich um und blende sie einfach aus.

Sie wartet auf mich.

Mein Herzschlag steigert sich. Der Jäger ist erwacht. Mit nackten Füßen eile ich über das Gras. Noch gibt es von seiner gespeicherten Wärme ab. Das ist gut. Sie mag die kalte Feuchte, die mit der Nacht aufsteigt, nicht.

Den ganzen Tag habe ich an nichts anderes denken können. Hatte immer ihr Bild vor Augen. Starrte blind auf meinen Bildschirm. Ob es jemandem aufgefallen ist? Nein, es gab keine Andeutungen. Wie sollte es auch? Nicht einer kennt mein Verlangen.

Aufgeregt werfe ich einen Blick über die Schulter, aber niemand ist zu sehen. Vor mir liegt nur noch das Rosenbeet. Das letzte Hindernis auf dem Weg zu ihr. Ich umrunde es hastig und schon verschlägt mir der Anblick den Atem.

Da liegt sie. Von den letzten Strahlen der Sonne beleuchtet, badet sie ihren Körper im Licht. Noch hat sie mich nicht bemerkt. Noch nicht. Mein Atem geht flach und schnell. Ich will den Moment auskosten. Dieses Leuchten nicht vergessen. Die Gier in mir jedoch ist größer. Schon habe ich die wenigen Schritte, die uns trennen, überwunden. Schon legt sich meine Hand auf ihre Rundungen. Ganz warm schmiegt sie sich an mich. Gibt meinem Verlangen nach. Ihr Duft steigt mir in die Nase. Und ich schließe die Augen. Sanft berühren meine Lippen die rosige Haut. Ein Grashalm ist im Weg. Ich zupfe ihn unwillig zur Seite. Nichts soll die Perfektion stören. Ihre schwere Süße füllt meinen Mund aus. Warm und feucht drängt sie sich mir entgegen. Ja, genau so! Davon kann ich nicht genug bekommen. In meinem Kopf explodieren die Gedanken. Rote Fülle. Und zurückbleibt nur Sommer. Erlöst stöhne ich auf und sinke rücklings in das Gras. Langsam verebbt die Gier. Das Verlangen bleibt.

Ist der Winter zurück, wird ihre volle Sommersüße mich rot glänzend zum Erschauern bringen, sobald ich sie sanft vom Löffel lecke.

44

Extempore

Die Sonne versinkt in Wolken aus fließendem Gold. Der Westwind, allgegenwärtiger Hüter, treibt sie wie eine feuchte Herde vor sich her und trägt das goldene Leuchten in jeden Winkel der Hochebene.

Schimmernd streifen sie sanft über die Felder, kämmen sich an den Baumkronen ihre Kleider.

Doch schon drängt der Wind sie wieder zusammen und sie gleiten hinab in die tiefen Mulden, gefaltet vom urzeitlichen Eis. Ein Hügel reiht sich an den nächsten, scheinbar ohne Ende. Sanft streben sie zum bewaldeten Horizont, fliehen hinunter zum Fluss, der sich in vielen Äonen durch Muschelkalk und Sandstein sein tiefes Tal gegraben hat.

Der Blick schweift über die Weite hinweg, gaukelt frei hinauf zum Milan, der lautlos seine entfernten Kreise zieht, im leuchtenden Himmelsblau. Seine Freiheit ist Blau und Gold und weiter, viel weiter noch als meine.

Ich bin gebunden an die Freiheit unter mir. Und muss ihr folgen. Ist sie auch schmal wie die Straße, die sich, gleich einer verlorenen Schnur, durch diese Landschaft schlängelt.

Sie zieht an mir vorüber, entlang den wogenden Feldern. Ein Meer aus federndem Grün und verbleichendem Gelb. Weizenähren und Raps, gesäumt von Reihen alter Linden, die ihre windzerzausten Äste mit flaumigen Blattwerk schmücken.

Am Himmel glänzt der erste Stern und in der Abendluft verbreiten die Myriaden von Blüten ihren klebrig tropfenden Duft. Warm ist der Wind und übervoll. Gesättigt vom Aroma dieses alten Berges regen sich die Stimmen der Vergangenen. Lieder der Erinnerung klingen leise, und schwer wird der Schlag meines Herzens. Durchdringt mein Sein vom Kopf bis zu den Füßen. Ich erspüre jede verborgene Wurzel in der lebendigen Erde, folge den frischen Trieben ins Geäst, und reite auf den gelben Stäuben von Blüte zu Blüte.

Hier soll ich sein, wo auch sie atmen und wachsen, die duftenden Herzbäume. Sie und ich.

Tief atme ich ein und will, dass all dies Heimat ist, in mir. Der goldene Duft und die schwingende Freude. Sie füllen meine Lungen bis zum Bersten. Und ich atme aus den frühen Sommer über das Land.

Landlust

Mit langen Strahlen schlüpfte die aufgehende Sonne zwischen die Blätter der Kastanie und glitzerte auf dem taufeuchten Gras. Ringsum roch der Morgen wie frisch gewaschen nach grünem Heu. Es war Sommer auf dem Land.

Ihr erster Sommer außerhalb von Beton und Glas und feinstauberstickten Rasenplatten.

Das Morgenlied der Vögel lockte die Unermüdlichen aus ihren Betten. Flora lehnte an der offenen Terrassentür, ihren dampfenden Becher in der Hand. Der Kaffee war noch zu heiß. Abwartend ließ sie den Blick über die Gartenwege wandern, am Rosenbeet vorüber und an der jungen Hecke entlang. Die Augen geschlossen, reckte sie ihr Gesicht den vorwitzigen Sonnenstrahlen entgegen.

Endlich gönnte sie sich den ersten Schluck. Ganz vorsichtig: Perfekt! Sie seufzte genüsslich. Wie von selbst folgten ihre Füße dem Weg, den ihre Augen zuvor eingeschlagen hatten. Sie schlenderte über die Terrasse, die neue Treppe hinab und über den Rasen zum Pavillon. Ihre Zehen wurden feucht. Der Rasenschnitt vom Vortag verzierte ihre helle Haut. Sie schmunzelte. Sie konnte beinah ihr Haus umrunden, ohne den Rasen zu verlassen. Ein prickelnder Luxus, den sie in vollen Zügen auskostete.

Flora setzte ihren Weg an der niedrigen Hecke entlang fort. Wie hoch sie wohl würde? Still und leise hatte sich ihr Mann zu ihr gesellt. Seine warme Stimme glitt ihr seidig über die Schulter.

„Guten Morgen."

„Du bist früh auf." Sie lächelte verschwiegen.

„Du hast mir gefehlt."

„So, hab ich das?" Flora lehnte sich in seine warme Umarmung und genoss den sanften Kuss.

„DAS HAB` ICH GESEHEN!"

Flora und Robert zuckten zusammen. Ein eisiger Graupelschauer im August hätte die gleichen Auswirkungen auf ihre Stimmung gehabt. Abgekühlt und überaus widerwillig lösten sie sich von einander.

Flora verdrehte die Augen und stöhnte, während Robert den Kopf in Richtung des Störenfrieds wandte und ihm ein Lächeln schickte, welches an das spitzzahnige Grinsen einer Muräne erinnerte.

„Na, das ist aber wirklich schön. Da sind wir ganz stolz auf dich!" Seine Worte ätzen eine Schneise zwischen die jungen Triebe des Hartriegels.

„Dieser Mann ist so peinlich!", knurrte Flora zwischen zusammen gebissenen Zähnen und warf einen frostigen Blick hinüber zum Nachbargrundstück.

Ein geräumiges Einfamilienhaus, bodenständig verputzt, gab jedem Betrachter zu verstehen, dass hier der Hausherr selbst die Gestaltung übernommen hatte. Eben dieser stand auf seiner Frühstücksterrasse, reckte jeden Zentimeter seiner Körpergröße über die Brüstung und sah zu ihnen hinunter. Die Hände tief in den ausgebeulten Taschen seiner zementverstaubten Latzhose vergraben, wippte er auf den Zehenspitzen und grinste von einem Ohr zum anderen.

„Das macht euch Spaß, oder? Sollen wir schon mal das alte Kinderbett unseres Jüngsten vom Boden holen? Vielleicht braucht ihr es ja bald." Über seinen eigenen Witz haltlos lachend schlug er sich auf die Schenkel, dass er daraufhin nicht gänzlich in einer Staubwolke verschwand, war verwunderlich.

Flora wich vor dem derben Scherz zurück, doch Robert zog sie demonstrativ an sich. Auf ihren Befreiungsversuch reagierte er gar nicht, sondern richtete seinen Fokus nur auf den Nachbarn. Hinter dem Lächeln wurde sein Blick scharf wie eine Klinge.

„Das kann schon sein, danke sehr. Das ist nett von euch. Ihr werdet es wohl nicht mehr brauchen?!"

Dieser Hieb, wenn auch gut gezielt, prallte jedoch unverstanden an einer Rüstung aus kindlicher Einfalt ab. Das Lachen des Nachbarn steigerte sich noch. Flora schnappte nach Luft und vergrub schuldbewusst ihr Gesicht in Roberts Schulter.

„Ist doch wahr", raunte er ihr ins Haar, „oder hast du schon einmal gesehen, dass er seine Frau küsst?" Robert zog fragend die Augenbrauen hoch. Flora überlegte kurz.

„Nein, dazu brauchte er auch eine Leiter."

Sie schlug sich die Hand auf den Mund, als könnte sie so die Gehässigkeiten wieder zurückschieben. „Oh, das war gemein."

„Macht nichts, der merkt das wohl kaum! Außerdem hat er es gar nicht gehört."

Floras wundervolle Stimmung hatte sich verflüchtigt, war abgestanden wie der kalt gewordene Kaffee in ihrer Tasse. Zerknirscht ließ sie ihren Daumen über den Tassenrand wandern und wischte einen angetrockneten Tropfen fort. Sie suchte nach den richtigen Worten, aber die schienen sich irgendwo in ihrem Kaffee ertränkt zu haben.

„Lass es gut sein", raunte Robert seiner Frau zu und verabschiedete sich von dem selbst ernannten Komiker.

Flora hob ebenfalls verlegen grüßend die Hand. Die Lust an ihrem Garten war ihnen vorläufig vergangen. Sie überließen ihr Paradies im Grünen dem glühenden Himmel, bis die Sonne, von sich selbst ermüdet, dem Horizont entgegeneilte, im Westen appetitlich dekoriert mit vereinzelten Wölkchen aus Grillgerüchen.

Ihr Nachbar, der sich am Morgen noch fröhlich pfeifend in die Arbeit gestürzt hatte, saß nun mit einer Flasche Bier auf dem kümmerlichen Rest seines Granithügels. Kaum dass er sie erblickte, tönte seine Stimme zu ihnen herüber.

„Na, wieder da?" Mühsam stemmte er sich hoch und schlenderte über die Straße auf Flora und Robert zu.

„Du siehst ja ziemlich fertig aus. Was hast du gemacht?" Robert schaute tatsächlich interessiert. Und auch Flora setzte eine teilnehmende Miene auf.

„Den Granit verbaut." Er deutete mit einem Nicken auf den Steinhaufen. „Ich hätte nicht für möglich gehalten, dass diese Steine so schwer sind. Aber jetzt ist das Schlimmste geschafft." Er verstrubbelte sich die widerspenstigen, steingrauen Haare in der Stirn und legte eine Hand in den schmerzenden Nacken. „Ich wollte es euch zeigen."

„Gern", erwiderte Robert und warf seiner Frau einen auffordernden Blick zu.

„Die Steine haben zum Glück gereicht. Ein paar sind noch übrig. Die werde ich im Garten verbauen. Rasenkanten und ein Hochbeet, ihr versteht? Dann ergibt es ein einheitliches Bild. Alles aus einem Guss, sozusagen. Die waren ja auch nicht billig. Obwohl ich ein sehr günstiges Angebot hatte. Die sind doch wirklich sehr schön. Kaum Farbunterschiede. Die Kanten sind gebrochen, nicht geschnitten. Naturstein!" Schließlich blieb er mit stolz gerecktem Kinn stehen und deutete auf das Ergebnis seines Tagwerks.

„Na, was sagt ihr dazu?! Ist sie nicht ganz toll geworden?" Robert schluckte heftig und Flora musste einen entsetzten Ausruf in einem Husten verbergen.

Vor ihnen türmte sich ein keilförmiger Klotz auf. Grau und riesig, eine Eingangstreppe aus eben jenen Granitblöcken zusammengefügt, welche der Nachbar so euphorisch beschrieben hatte. Jeder einzelne von ihnen wog gut und gerne so viel wie ein Sack Zement. Die Herren einer mittelalterlichen Burg wären vor Neid erblasst über ein solches Wehrwerk.

`Fehlt nur noch die Zugbrücke`, schoss es Floras durch den Kopf. Verstohlen warf sie einen Blick zu ihrem Mann hinüber. Der zuckte mit den Augen und war völlig damit

54

beschäftigt, seine entgleisenden Gesichtszüge wieder unter Kontrolle zu bringen.

„Sieht wirklich gigantisch aus", brachte Flora endlich ziemlich lahm hervor.

„Oh, ja. Sehr beeindruckend. Kein Wunder, dass du so geschafft bist!", pflichtete ihr Robert bei.

Der Nachbar strahlte und seine Augen funkelten aus den staubgezeichneten Fältchen dazu. Flora und Robert brachten das andauernde Nicken ihrer Köpfe kaum zum Stillstand.

Der Nachbar deutete auf eine im Schatten der Garage stehende Bierkiste.

„Ich denke es ist Zeit für ein Baubier. Schließlich müssen wir auf den Abschluss der Bauarbeiten anstoßen. Hat auch lange genug gedauert." Der Nachbar und Robert machten es sich auf den Granitresten bequem.

Flora entschuldigte sich nach einem höflichen Toast und den damit verbundenen Glückwünschen. Sie überließ das Feld ihrem Mann.

Gemeinsam analysierten die beiden Bauexperten die Beschaffenheit der Steine, jede Fuge und jeden Bauabschnitt. Flora bewunderte ihren Mann um die Gabe der Selbstbeherrschung. Wenn sie auch nur noch ein Wort hörte, würde sie für ihre Reaktion keine Garantie übernehmen können.

„Wenn du in deine Küche gehst, dann koche für uns gleich mit! Wir kommen dann, wenn alles fertig ist", tönte es hinter Flora her und das Lachen des Teilburgenbesitzers folgte ihr aufdringlich über die Straße zur Haustür. Flora presste die Lippen aufeinander. Ohne sich umzuwenden, hob sie die Hand und winkte. Hatte sie nicht eine solche Nachbarschaft immer gewollt, als sie noch anonym in der Stadt gewohnt hatten? Sie seufzte, denn oft bekommt man mehr, als man verlangt.

„Ja, ja. Genau so machen wir ...", antwortete Flora ergeben und stockte mitten im Satz. Sie starrte auf die Winkelstützen, welche das angrenzende und höher gelegene Grundstück daran hinderten sich in ihre Einfahrt zu stürzen. Die erste Stütze war einem Wendemanöver mit Trecker zum Opfer gefallen. Robert hatte sie schon seit geraumer Zeit reparieren wollen, doch immer wieder war etwas dazwischen gekommen.

Flora traute ihren Augen kaum, die Mauer war wieder ganz. Ordentlich mit Latten verstärkt und mit Zwingen fixiert.

„Wie ...? Wer ...?" Flora sah sich um. Träge grinste der Nachbar zu ihr herüber und prostete ihr zu.

„Na ja, ich hatte noch Mörtel übrig ... "

Der Jäger

Hygieneinspektoren dürfen nicht zimperlich sein. Auch wenn es sich bei meiner Heimatstadt natürlich um ein ausgesprochen reinliches Örtchen handelte, das möchte ich vorausschicken. Im Besonderen jene Betriebe, die in meinen Inspektionsbereich fielen, was mich zum Ende meiner Dienstzeit schon mit einer gewissen Genugtuung erfüllte.

Bitte verstehen Sie mich nicht falsch, wenn mir dennoch die Aussicht behagte, endlich nichts mehr mit Abfall und Ungeziefer, vor allem aber den allseits vertretenen Ratten zu tun haben zu müssen. Ich liebte meine Arbeit, die ich in all den Jahren schon durch meinen Familiennamen als eine Berufung empfunden hatte. Doch nun löste sich die Bindung an das Arbeitsleben. Gedanklich fielen die Fesseln bereits von mir ab. Und allmählich durchdrang mich eine belebende Erneuerung.

Fröhlich pfeifend richtete ich mich hinter meinem Schreibtisch ein. Dies war schließlich mein letzter Arbeitstag vor dem wohlverdienten Ruhestand und ich wollte ihn gebührend und in aller Ruhe ausklingen lassen, als das Telefon gebieterisch klingelte und mich aus meiner Vorfreude riss.

Eine sehr aufgebrachte Frau beklagte sich über unhaltbare Zustände in einem stadtbekannten Liebestempel hoch über der Weser. Anonym, wie sich versteht, denn wer will schon zugeben, dass der eigene Mann ein solches Etablissement besucht. Aber mit den Jahren hängt die körperliche Anziehung halt ein wenig durch und so begibt sich der Notleidende eben zu den Rosies der Stadt.

"Einfach unglaublich! Dieses Dreckloch gehört geschlossen!", empörte sich die Dame lautstark. Mein Erstaunen dabei war, dass sie sich nicht auf die Vorlieben ihres Mannes bezog, sondern auf die Mitbringsel.

In der Kleidung ihres Mannes hatte sie Kot- und Fellspuren eindeutig zweideutiger Natur gefunden. Mäuse? Ratten? Nagetiere! Ihre Stimme klang ausgesprochen verschnupft.

Nicht schon wieder. Erst vor wenigen Tagen war eben jenes Etablissement von mir einer gründlichen Inspektion unterzogen worden. Den rüden Besitzer, der mich ob der wenig wirksamen Methoden der Stadt zur Rattenbekämpfung beschimpfte, sah ich noch deutlich vor mir.

Mir blieb auch nichts erspart. Mich in mein unvermeidliches Schicksal fügend, dem Grobian wieder gegenüberzutreten zu müssen, begab ich mich umgehend zum Ort des Sündenfalls und wurde trotz der frühen Stunde empfangen. Jedoch durchaus anders, als ich es erwartet hatte.

Rattenbeseitigungsselbsthilfe!

Eine Kugel riss mir ein Loch in den Hut und diesen vom Kopf. Zum Glück ging das umherfliegende Blei an mir vorbei, da die Domina des Hauses mich im letzten Moment mit der Peitsche zurückstieß. Die Ratte, die ihrer Hinrichtung wenig begeistert entgegensah, wurde auch vom zweiten Schuss verfehlt.

"Many legt jetzt selbst Hand an. Er kann Ratten nicht leiden und wenn er eine sieht, schießt er! Den Biestern die Flötentöne beizubringen, hat schon anno-dazumal nicht geholfen. Also, komm'se rasch rein und aus der Schusslinie!"

Sprachlos stolperte ich ihrer frivolen Erscheinung nach, nur fort von diesem Selbstjustizler!

Und mitten hinein in ein Blitzlichtgewitter. Hinter mir erklang die vertraut verschnupfte Stimme, die kurz zuvor am Telefon so sehr an meinem Selbstverständnis gekratzt hatte.

"Hallo, Herr Nimrod", säuselte einer meiner Kollegen und löste die Klemme von der Nase. "Einen fröhlichen Ruhestand wünschen wir dir!"

Alle meine Kollegen umringten mich feixend, während Domina Sonja in einen Bademantel schlüpfte, die Gummiratte hinter der Bar verstaute und Many erneut herumknallte. Diesmal jedoch mit einem Sektkorken.

Der Ruf des Käuzchens

Staubpartikel schwebten durch die Luft und legten sich nieder. Nicht dort, wo sie zuvor gelegen hatten, denn ihre Ruhe war gestört worden. Ob Regale, Schränke oder Schubladen, alle standen an die Wände gepresst und starrten vor sich hin. Erschüttert und entblößt.

Armin-Alexander trug dafür die Verantwortung. Nun, nachdem er sein Werk vollbracht hatte, hockte er inmitten des Chaos und musterte seine Hände. Hände, die ihr Alter nicht verbergen konnten, die sich auflösten vor seinen Augen und nicht zu greifen vermochten, was mit ihnen geschah. Flecken bedeckten die Handrücken. Waren die gestern auch schon dort? Er spreizte die Finger. Die Gelenke verweigerten sich und blieben, wie sie waren. Die Gicht bestimmte über sie.

Wieder schlug er nach den Büchern, den Bildern, den Zeitungsausschnitten, den Souvenirs und all seiner Vergangenheit um ihn herum. Er sah sie nur durch seine Brillengläser. Und verfehlte sie.

Wie er die Stunden und Tage verfehlt hatte, die Jahre. So war sein Leben und was blieb, waren Papier und Staub. Daran gab es nichts zu rütteln. Armin hatte gerüttelt und getobt, aber nichts brachte ihm seine Frau zurück.

Er rief nach ihr, verwünschte sie und drohte ihr aus Leibeskräften. Doch wenn er lauschte, antwortete ihm nur Stille. War das die Ruhe nach dem Sturm, von dem nur ein Berg aus Brennmaterial übrig geblieben war?

Die Nacht schwirrte vom Zirpen der Grillen. Noch nutzten sie die Wärme für ihren Gesang, bald schon würde die Kälte sie verstummen lassen. Kälte! Er verabscheute sie. Sie zog in die Knochen und lähmte die Glieder. Früher war das nicht so gewesen. Da hatte er die Winter geliebt. Die Anmut der Strukturen. Bäume in Kristall gehüllt. Oh ja, und diese Klarheit. Heute musste er davon husten.

Armin-Alexander Achat schob seine Füße in die Puschen. Sie reichten ihm bis über die Knöchel. Durch die Löcher im Karostoff lugte das Fellfutter und der Reißverschluss klemmte, aber sie wärmten seine Füße noch immer. Armin schnaubte, wieder hatte er vergessen das Zeitungspapier herauszunehmen. Er beugte sich hinunter und begann die Papierstücke herauszupulen. Die Feuchtigkeit war aus dem Puschen in das Papier gezogen. Seine Finger, die ihre Geschicklichkeit im Laufe der Jahre eingebüßt hatten, beförderten lediglich Fetzen heraus. Grimmig schüttelte er sie ab.

"Ach, so ein Quatsch." Er drehte den Schuh um und klopfte auf die Sohle. Als der Erfolg ausblieb, schlug Armin ihn auf die Bettkante und warf das Ding schließlich voller Ärger zu Boden. Warum, zum Kuckuck, sollte er sich überhaupt aus dem Bett begeben? Obwohl noch ein Hauch vom Sommer in der Luft lag, fröstelte er. Er war alt und er fand das schrecklich! Seine Frau hätte etwas an seinem Jammer ändern können, sie war seine Erneuerung. Aber sie war fort. Der Klang ihrer Stimme war in seiner Erinnerung geblieben.

"Armin-Alexander, heb deinen Hintern aus dem Bett und schalte den Generator ein!" Armin ließ sich zwischen die Kissen sinken und zog sich die Decke über die Ohren. 'Armin-Alexander': Welcher Wahnsinn hatte seine Eltern dazu getrieben, ihm diesen Doppelnamen zu geben. Ein einziger Name mit Altertumswert hätte auch gereicht, aber nein, es mussten gleich zwei davon sein. Er hatte sie immer wieder ändern wollen und es dann doch gelassen. Irgendwann hatte er einfach nicht mehr hingehört. Nun sagte niemand mehr seinen Namen. Armin ertappte sich dabei, dass er sich wünschte, jemand, ganz gleich wer, würde genau dies noch einmal tun.

Aus dem Apfelbaum im Garten unter seinem Fenster ertönte der Ruf eines Käuzchens.

Sein Vater hatte den Baum gepflanzt, damals, als Armin geboren wurde. Vor Jahrzehnten. Nun erging es dem Baum genauso wie Armin. Die Zeit nagte an beiden und biss Stücke aus ihnen heraus.

In eine dieser Baumhöhlen war die Eule eingezogen. Nachts glitt sie an seinem Fenster vorüber. Ihre Flügel verursachten keinen Laut, dafür zog ihre Stimme sein Sonnengeflecht zusammen. Mit ihr kehrten die Erzählungen seiner Großmutter wie Schatten aus der Vergangenheit zurück.

"Wenn das Käuzchen ruft, dann holt es sich eine Seele", hatte sie erklärt und ihr Blick verweilte danach in den Obstbäumen ringsum, ganz so, als suche sie nach ihrem eigenen Rufer. Sie entschlief an einem Nachmittag, während sie draußen in der Sonne saß. Von diesem Tag an hatte Armin nicht mehr an den Eulenspuk geglaubt. Nun war die Eule da, seine Frau war fort, und er begann sich zu erinnern.

Erinnern - Genau das hatte seine Marie ihm zum Vorwurf gemacht. Er sah all seine Freunde durch die Straßen und Gassen ziehen. Hörte ihr Gelächter verhallen. Sah ihre Gesichter, die nichts waren als Gespenster, Schatten und Erinnerungen. In einem Dorf, das keines mehr war. Und er begann zu reden, wie er es früher schon immer getan hatte, in den Nächten, wenn Marie bereits schlief und er wieder einmal viel zu spät von der Arbeit heimgekommen war.

Während er ihr Gesicht betrachtet hatte, das auf den Kissen ruhte, beschrieb er, wen oder was er sah, roch und hörte. Wer im Garten ein und aus ging oder flog. Die Erlebnisse seines Tages.

Und schließlich wischte er sich die Wangen, sah zum Himmel, der seine Farbe veränderte, sah die Sonne aufgehen und einen jener Tage beginnen, die ohne Ende zu sein schienen und an denen niemand mit ihm sprach.

Armin warf die Decke beiseite. Schluss! Jetzt würde er Schluss machen, endgültig!

Alle anderen waren schon fort. Er wusste, dass nur sein Stolz ihn in diese Einsamkeit getrieben hatte. Dass sein Dickkopf ihn dort hielt, wo kein Leben mehr war. Und nun war er genauso gestorben wie der Rest des Dorfes. Auf was sollte er noch warten?

Das Käuzchen rief ihn. "Komm mit, komm mit!", tönte es aus dem Apfelbaum. Er musste ihm folgen, jetzt. Wenn erst der Baum fiel, dann würde die Eule gehen, ob nun mit oder ohne ihn. Das Letztere wollte er auf gar keinen Fall riskieren. Armin lauschte, stand auf und ließ seine Puschen stehen.

Ein Taxi fuhr auf den Hof. Dem Fahrer stand der Zweifel ins Gesicht geschrieben, als er ausstieg. Armin öffnete die Haustür und wuchtete seine Tasche hindurch.

"Tach, war nicht leicht, Sie zu finden, mein Navi wollte mich immer wieder zum Umkehren drängen. Ich hatte nicht vermutet, dass hier noch jemand lebt." Mit einer Armbewegung umfasste der Mann mehr als nur die Hofeinfahrt, er schloss das Dorf damit ein. Armin zog die Haustür zu und folgte dem Taxifahrer.

"Tut es auch nicht." Und sein Herz klopfte in Erwartung auf das Wiedersehen mit Marie.

Drei minus Eins

„Wovon träumst du?"

„Hm?"

„Ich möchte wissen, wovon du träumst?"

Erstaunt hob sie ihren Kopf von seiner Brust. Die Frage stand ihm noch im Gesicht. Aus selig ermüdeten Augen sah er sie an und wiederholte noch einmal: „Wovon träumst du?"

Dabei ließ er seine Hand sanft über ihren Rücken gleiten. Zeichnete mit seinen Fingerspitzen die Kontur ihrer Schulter nach und versenkte seine Finger schließlich im Ansatz ihrer Haare. Das sanfte Kraulen ließ sie reflexartig die Augen zu Schlitzen verengen und hätte sie über einen Schnurrknochen verfügt, sie hätte das ganze Bett zum Vibrieren gebracht. Seine Hände waren so herrlich warm, auf ihrer, von den kleinen, verdunsteten Schweißtropfen gekühlten Haut. Sie brachten sie zum frösteln und die Härchen auf ihrem unbedeckten Arm, welcher quer über seinem Bauch lag, richteten sich auf.

Wovon träumst du?

Sie wollte nicht, dass er aufhörte ihre Haare zu verwuseln. Doch seine Frage irritierte sie so sehr, dass sie sich verunsichert auf den Rücken drehte. Ein Schauder durchfuhr sie, sodass sie die Bettdecke bis zur Nasenspitze zog.

Vor ihren Augen begann sich die Zimmerdecke aufzulösen. Verwischt das ehemalige Weiß unzähliger Farbschichten. Kalt das Gehäuse der Leuchte aus dem Baumarkt. Seine Zuwendung wurde quälend.

Träume sind Schäume! Schaumwein. Nur glitzernde Luftbläschen und anschließend nichts als Tränen und Schmerzen. Vergangen all seine schnelllebige Spritzigkeit. Nichts für den Tag danach!

Wie kam er gerade jetzt auf die Idee, ihr diese Frage zu stellen? Etwas Kleines äußerst Widerliches in ihrem Inneren schrie sofort die vermeintliche Antwort.

Geld! VIEL GELD! Keine Sorgen mehr haben müssen. Nie wieder in drittklassigen Hotelbetten darauf warten, dass es endlich Frühstück gab. Die Welt bereisen und shoppen bis zum Abwinken. Märchenhaft? Grauenhaft!

Der Traum zerplatzte wie eine Seifenblase. Zuerst schillernd schön, hinterließ ihr explosionsartiges Vergehen klebrige, schmierige Reste. Nein! Davon träumte sie nicht.

Vor dem Fenster begann der Himmel sich grau zu verfärben. Regen setzte ein. Ein sanfter, früher Morgenregen. Der die Straßen blank wusch und leise in den Regenrinnen rauschte.

Bald gab es Frühstück. Ihr Magen knurrte und sie legte unwillkürlich die Hand auf ihren flachen Bauch. Ein mehr als kläglicher Versuch, ihr Innenleben unter Kontrolle zu halten, der mit einem erneuten Knurren zum Scheitern gebracht wurde.

Träume? Albträume kannte sie genug. In jeder Nacht durchwanderten sie ihren Schlaf und manche hatten sich auch ungebeten in ihre Tage geschlichen. Doch danach hatte er sicher nicht gefragt. Nach ihren Sorgen, die täglichen Verpflichtungen erfüllen zu können. Ihr Kind den Mangel eines Elternteils nicht spüren zu lassen.

Die Bettdecke roch nach Reinigung und war sehr sauber. Das war der Geruch, den Krankenhaus- und Hotelbetten gemeinsam hatten. Und dass man mit dem nackten Hintern die Laken berührte. Sie mochte weder das eine noch das andere. Sie stützte sich auf und wollte die Bettdecke zurückschlagen. Er ergriff zärtlich bestimmt ihre Hand.

„Bekomme ich eine Antwort?" Er lächelte und sie wusste, dass er die Antwort, die sie ihm geben konnte, nicht verstehen würde. Nie akzeptieren würde. Er liebte diese seine Freiheit. Sein Lächeln riet ihr, wie immer, ihn sein eigenes Leben ohne Verpflichtungen weiter führen zu lassen. Bis heute. Ihr Mund formte die Worte, die ihm gefielen.

„Doch, aber wovon soll ich träumen? Hier - bei dir?"

Ihre Lippen lächelten ihn verführerisch an.

„Ich gehe kurz ins Bad." Sie angelte nach ihrem Slip aus schwarzer Spitze, der irgendwie unter das Bett geraten war.

Er rekelte sich genüsslich. So selbstsicher.

Nachdem sie das angefrorene Lächeln und die dunklen Ränder der Wimperntusche, mit dem heißen Wasser einer schnellen Dusche, in den Ausguss gespült hatte, und angekleidet das Zimmer betrat, hörte sie sein leises Schnarchen. So war es immer.

Wovon du träumst, will ich gar nicht wissen.

Ohne einen weiteren Blick zurück, legte sie behutsam ihren Zimmerschlüssel auf die Ablage an der Garderobe und verließ den Raum. Heute würde er die Rechnung selbst bezahlen müssen. Das leise Schnappen des Zylinders verschloss nicht nur die Zimmertür mit der Nummer 217.

Auf dem Flur flackerte summend eine Neonröhre, die sich nicht entscheiden konnte zwischen ordentlicher Dienstaufnahme oder völliger Dunkelheit. An den unregelmäßig beleuchteten Wänden waren die Spuren entlangschabender Koffertrollis zu sehen. Es roch abgestanden nach kaltem Rauch und Staub. Fröstelnd schloss sie ihre Jacke und fuhr mit den Fäusten tief in die Taschen.

Sie ließ den Fahrstuhl unbenutzt. Auf der Treppe beschleunigte sie ihre Schritte und verlor mit jeder zurückgelassenen Stufe an Gewicht. Die Rezeption war unbesetzt. Ein Gespräch mit dem Nachtportier blieb ihr erspart.

Draußen tropfte der versiegte Regen von den glänzenden Blättern. Erste Vögel stimmten ihren verspäteten Morgengesang an. Die Luft roch frisch und sauber, nicht chemisch gereinigt und so inhalierte sie tief durch beide Nasenlöcher. Sie füllte ihre Lungen und weckte jedes Bläschen.

Ihre Füße lösten sich von der Eingangsstufe und machten einen ersten zögerlichen Schritt hinaus in diese frische, neue Welt. Die Wolken am Himmel über ihr rissen auf. Hier und da blitzte das erste schüchterne Blau hervor.

Ein schöner Tag.

Sie straffte ihren Rücken und schlug zum letzten Mal den vertrauten Weg zum Bahnhof ein. Der Zug stand am Bahnsteig, bereit zur Abfahrt. Sie flitzte hinein und ließ sich auf dem nächsten freien Platz nieder. Ruckend setzten sich die Waggons in Bewegung. Der Bahnsteig blieb leer. Nicht so ihr Kopf. Da war sie wieder, seine Frage.

Wovon träumst du? Nicht von dir!

Erleichtert stellte sie fest, dass dies nicht mehr nur trotziger Widerstand war, sondern mit jeder Schwelle, die ihr Zug ratternd überquerte, zu einem Teil ihres Selbst wurde.

Als sie den Zug wieder verließ und sich hinter ihr die Waggontüren zischend schlossen, hielt sie den kleinen Glücksteddy ihrer Tochter in der Hand.

Wetterwechsel

Langsam wurde der Himmel rot. Aus dem kleinen Fenster konnte ich nur einen schmalen Ausschnitt des Osthimmels sehen. Alle Fenster in meinem Elternhaus waren so winzig. Und zugig. Das Schwitzwasser gefror zu den exotischsten Pflanzengebilden, über Nacht. Eine Sanierung würde ein Vermögen verschlingen. Etwas, das ich hier nicht investieren wollte. Das Haus war verkauft.

Vor Weihnachten noch eine Entrümpelung durchzuführen gestaltete sich für mich als ein logistisches Problem. Doch der neue Eigentümer wollte bereits im Januar mit den Umbauarbeiten beginnen.

Ein Grund mehr nicht weiter am Fenster herumzustehen, sondern direkt mit der Arbeit zu beginnen.

Ich schlüpfte frierend in meine dicken Socken und die selbst gestrickte Jacke. Das Haus war eiskalt. Eine Zentralheizung gab es nicht. Lediglich Holzöfen und die auch nicht in jedem Zimmer. Als Stadtpflanze, zu der ich geworden war, konnte ich mir kaum mehr vorstellen, dass ich davon als Kind nichts bemerkt hatte.

Die Treppe protestierte knarrend auf meinem Weg in die Küche. Ganz automatisch zog ich den Kopf ein. Die Decken waren so niedrig, dass ich sie mit ausgestreckter

Hand leicht berühren konnte - zwischen den geschwärten Balken - und dabei hatte ich mit meinen einmeterneunundsechzig wirklich keine Modelmaße. Alles was mir in meiner Kindheit Geborgenheit vermittelt hatte, erdrückte mich an diesem Morgen. Die enge Diele, die so dunkel war, dass ich gegen die schwere Holztruhe stieß. Die kleinen Zimmer, die ich nur gebückt betreten konnte, weil mir die Türen lediglich bis an die Stirn reichten. Der große Holzofen, der fürchterlich zu rauchen begann, nachdem ich mit zuviel Papier und feuchtem Holz versuchte ein wenig Wärme und einen Kaffee zu produzieren. Zudem hatte ich vergessen, den Abzug zu öffnen.

Hustend und mit tränenden Augen stieß ich die Tür zum Garten hin auf. Ein Nebeneingang, damit man das geerntete Gemüse direkt in die Küche tragen konnte.

Der Garten mit dem Hühnerhaus.

Jetzt lag er erstarrt in der Wintersonne und das Häuschen, ein winziges Duplikat des Wohnhauses, war verweist. Ich musste an Franziska denken. Ein hochtrabender Name für ein Huhn, aber sie war auch unsere beste Legehenne gewesen. Mein Liebling in der ganzen Scharr und sie gehorchte mir auf's Wort. Tagelang war ich untröstlich gewesen, nachdem der Marder sie geholt hatte.

Der Garten, das gesamte Grundstück waren unglaublich steil. Auf den wenigen Quadratmetern, die beinah eben waren, hatte mein Ururgroßvater unser kleines Haus errichtet. Jedoch direkt hinter der Küche, begann das Gelände, steil abzufallen. In Generations übergreifender Arbeit war es meiner Familie gelungen mit Trockenmauern einen über sieben Stufen reichenden Terrassengarten anzulegen. Steintreppen verbanden die einzelnen Gartenbereiche. In der Mitte befand sich sogar ein alter Brunnen.

Ich musterte die bröckelige Ummauerung und erwischte mich dabei, dass ich darüber nachdachte, ob er noch immer Wasser führte.

Seufzend riss ich mich von den Betrachtungen und Erinnerungen los an eine Zeit, die vorbei war. Ich musste nach vorn schauen und das bedeutete erst einmal Kaffee.

Die Küche war noch ebenso eingerichtet, wie vor meinem Auszug. Meine Eltern mochten Veränderungen nicht besonders. Warum sollte etwas ersetzt werden, wenn es noch tadellos funktionierte? Die Lampe über dem Küchentisch beispielsweise, stammte sicherlich aus den späten Sechzigern. Damals hätte man meine Eltern als Aussteiger bezeichnet, wenn sie nicht schon immer hier gewohnt hätten. So waren sie einfach nur sehr sonderbar und ich, ihre einzige Tochter, hatte dieses Stigma geerbt. Während der Rest des Dorfes sich modernisierte, Auto, Kühlschränke, Telefon, W-lan, bekam, bekamen wir - Strom.

Meine Mutter nähte alles selbst. Das bedeutete von einer Jeans war ich Lichtjahre entfernt. Ich hörte sie Tuscheln. Sah wie sie sich abwandten oder mich offen auslachten. Rohheiten die tiefer reichten als jeder tatsächliche Messerstich. So zog ich den Kopf ein und versuchte unsichtbar zu werden.

Nachdem ich mein Abitur gemacht hatte, verließ ich das Dorf. Mit jedem Kilometer, den ich zwischen mich und die Dichte des Dorfes legte, ließ der Druck auf meiner Brust nach und ich konnte freier atmen.

Jetzt war er wieder da. Und obwohl es in der Küche mittlerweile warm wurde, überlief mich ein Schauder.

Systematisch leerte ich Schränke, Laden und Kästen. Schleppte Müllsäcke hinaus und lehnte sie an die gestapelten Kisten neben dem Gartentor. Viel hatten meine Eltern nicht mitnehmen können in das Seniorenpflegeheim. Mein Vater war dorthin überwiesen worden und meine Mutter wollte einfach nicht allein bleiben. Morgen würde das Entrümpelungsunternehmen kommen und mir bei den schweren Schränken behilflich sein. Und übermorgen würde ich diesen Ort für immer verlassen.

Der Nachmittag verhängte sich zunehmend mit Wolken. Ein Wind frischte auf und zur Kaffezeit war es im Haus bereits so dunkel, dass ich kaum noch etwas erkennen konnte.

Am Garten ging eine Frau vorbei und musterte den Sperrmüll. Mit klopfendem Herzen öffnete ich die Haustür und sah ihr in die Augen. Diesmal würde ich mich nicht wegducken. Ja, wir kannten uns. Ihre Zunge war besonders scharf gewesen. Jetzt schien sie sie verschluckt zu haben. Oder war mein Blick, war meine Ausstrahlung so stark geworden, dass sie zurückweichen musste? Grußlos setzte sie ihren Weg fort. Sie würde für immer hier verharren. Erstarrt wie der Garten, in einem eisigen Panzer aus Angst vor allem Ungewohnten.

Als die Straßenlaternen aufleuchteten beendete ich die Entrümpelung und packte nur noch die Kiste mit Erinnerungstücken in mein Auto.

Ein Regentropfen traf mich. Dann noch einer. Und noch bevor ich den Zaun erreichen konnte, trieben mir Windböen schweren Regen ins Gesicht. Die Straße verwandelte sich augenblicklich in eine Eisfläche. Vom Gartentor rutschte ich haltlos bis zur Haustür. Das ich mir bei meinem Sturz nur die Knie aufschürfte, grenzte an ein Wunder.

Eisregen war nichts Ungewöhnliches und bis zum Morgen würde der Spuk sicherlich vorüber sein. Der Wind frischte noch einmal auf. Und Blitze zuckten durch die Dunkelheit, gefolgt vom Aufkreischen berstenden Metalls. Dann fiel der Strom aus.

Einen atemlosen Moment lang stand ich einfach nur da und starrte hinaus. Ich hatte nicht einmal mehr eine Kerze.

Langsam tastete ich mich in die Küche. Hier leitete mich der Schein des Herdfeuers. Das würde eine lange Nacht werden.

Im trüben Morgenlicht wurde das ganze Ausmaß des Unwetters sichtbar. Die Eislast hatte die Überlandleitungen zum Einsturz gebracht. Das Dorf war vorerst von der Außenwelt abgeschnitten. Ich saß hier auf unbestimmte Zeit fest denn die Straße glich noch immer einer Eisbahn.

Ein energisches Klopfen an der Haustür riss mich aus meinen Überlegungen, wie ich meinen Zeitplan einhalten sollte.

An der Tür sah ich mich einer Fremden gegenüber. Sie gehörte nicht zu denen die hier geboren waren. Entschuldigend lächelnd stellte sie sich als Frau eines

Nachbarn vor. Schon nach wenigen Worten wurde das ganze Ausmaß ihrer Misere klar. Sie saßen im Dunkeln und froren jämmerlich. Die Heizung war ausgefallen und einen Holzofen besaßen sie nicht. Die elektrischen Rollläden ließen sich nicht öffnen. Ihre offene Art weckte meine Hilfsbereitsschaft.

Mit der Asche aus meinem Herd legten wir einen Pfad hinüber zu ihrem Haus an. Beladen mit allem war sich in ihrer Küche finden ließ, kehrten wir in die meinige zurück. Bald schon füllte sich der kleine Raum, das ganze kleine Haus mit Unbekannten und anderen Menschen. Jedes mal wenn sich die Tür öffnete, kam ein lauer Luftzug mit herein.

Es duftete nach Kaffee und geröstetem Brot. Aufregung und Angst wichen. Pläne wurden geschmiedet und wieder verworfen. Und dann wich das Eis.

Als ich Tassen und Becher herumreichte sah ich meine einstige scharfzüngige Provokateurin wieder. Sie stand im Schatten ihres Mannes, ganz nah bei der Haustür. Und in der sie umgebenden lauten Gemeinschaft war sie allein. So allein, wie ich einst gewesen war.

Mein Entschluss stand fest. Ich trat auf sie zu und reichte ihr einen Becher. In ihrem Blick stand Misstrauen, denn sie konnte von anderen nur erwarten, was sie gegeben hatte.

Mir lag nichts Ferner, als mich auf diese Stufe zu begeben, und ich nickte ihr aufmunternd zu.

Am frühen Nachmittag fuhr endlich ein Streuwagen durch die Straße. Ich hätte das Dorf verlassen können, aber ich blieb. Bis die Bundeswehr das Dorf mit einem Notstromgenerator ausgerüstet hatte und sich meine alten und neuen Nachbarn wieder selbst versorgen konnten. Noch lange nach dieser Eisnacht erzählten sich die Leute wie gemütlich es im Miteinander gewesen war.

Im kleinen Haus meiner Eltern lebt nun ein Künstlerpaar. Sie töpfern Hühner und machen ihren eigenen Strom.

Das Gedicht

Es schneite und schneite. Sarah saß am Fenster. Draußen wurde es allmählich immer dunkler. Selbst das Licht der Straßenlaternen verlor sich im dichten Flockengewirr. Sarahs grüne Augen verdüsterten sich und zwischen ihren zarten Brauen entstand eine steile Falte. Das geschah immer, wenn sie so angestrengt nachdachte wie gerade jetzt.

"Hey, mein Schatz, was ist los?" Ihre Mutter betrat das Zimmer. Einen Stapel frisch gebügelter Wäsche auf dem Arm. "Du machst ein Gesicht wie sieben Tage Schnee. Freu dich doch, dass die Weihnachtsferien früher beginnen." In Mamas Stimme waren lauter Weihnachtsglöckchen zu hören. Sie summte ständig Lieder und war alles in allem sehr geheimnisvoll. Sie steckte jeden mit ihrer Vorfreude an. Sarah seufzte.

"Bist du traurig wegen der ausgefallenen Weihnachtsfeier?" Sarah zuckte unbestimmt mit den Schultern. Natürlich hatte sie sich auf ihre erste weihnachtliche Schulaufführung mit allen vier Klassen in der Sporthalle gefreut. Wochenlang war die ganze Schule mit den Proben und der Dekoration beschäftigt gewesen und nun fiel alles in den Schnee.

Unwillkürlich benutzte Sarah die Sprichwörter ihrer Mama, die sogar diese immer der Jahreszeit anpasste.

"Ja, schon ein bisschen." Sarah stützte ihr Kinn in die Hände und starrte weiterhin hinaus.

Der Schnee war kaum noch wegzuschaufeln, hatte Papa gesagt. Er und Mama wechselten sich nun damit ab, ihn beiseitezuschieben.

"Was machen eigentlich die Mäuse bei so viel Schnee?" Sarahs Gedanken kehrten zum vergangenen Abend zurück.

Gerade als sie beschlossen hatte, dass eine Katzenwäsche völlig ausreichend sei, lugte ihre Mama zum Badezimmer herein.

"Vergiss die Seife nicht," zwinkerte sie ihr zu, "auch wenn die Schule ausfällt", und schloss die Tür wieder. Sarah zog eine Grimasse und langte nach dem duftenden Reinigungsutensil. Hm, die war neu und hatte die Form einer Maus mit Weihnachtsmütze. Sarah liebte Mäuse und deshalb fand man sie überall in ihrem Zimmer. Als Schmusetiere und gedruckt auf ihrem Kuschelschlafanzug.

Sie bürstete ihre langen blonden Haare, bis sie glänzten, und schlüpfte ins Schlafzimmer. Mama hielt ihr bereits die Bettdecke auf, sodass Sarah mit Anlauf ins Bett hopsen konnte. Sie schmiegte sich in die weiche Wäsche.

"Bist du so weit?"

"Ja, jetzt kann es losgehen."

Mama räusperte sich, setzte sich auf dem winzigen Kinderstuhl zurecht und holte Luft. Das tat sie immer, wenn sie Sarah etwas vorlas. Doch schon schlichen sich die Schlafläuse leise von allen Seiten an sie heran. Von ganz weit hörte sie noch die sanfte Stimme ihrer Mutter: Die Weihnachtsmaus ist sonderbar, sogar für die Gelehrten, denn einmal nur im ganzen Jahr entdeckt man ihre Fährten.

Ob es so etwas wirklich gab? Sanft verwischten die Wörter, wärmten sie wohlig und Sarah schlief ein.

"Die Mäuse? Meinst du bestimmte? In dem Gedicht waren wohl die Zweibeinigen gemeint."

"Zweibeinige?" Sarah dachte augenblicklich an Wüstenspringmäuse. Für die wäre dieses Wetter gar nichts. Ihre Sorgen wuchsen.

"Die müssen hier doch erfrieren!" Und jetzt lachte Mama auch noch.

"Nein, nicht, wenn sie Mütze, Schal und Handschuhe und eine warme Jacke tragen. Oder im Haus bleiben."

Im Haus bleiben! Genau.

Drei Tage bis Weihnachten. Und es hatte tatsächlich aufgehört zu schneien. Sarah war schon vor dem Hellwerden aufgestanden. Noch im Schlafanzug hockte sie zwischen Pappe, Stofffetzen, Bändern und Füllwatte. Konzentriert arbeitete sie mit Schere und Kleber. Viel Zeit blieb ihr nicht mehr.

Als Mama sie zum Frühstück holen wollte, schlüpfte Sarah aus dem Zimmer und zog die Tür rasch zu.

"Ab sofort ist das Zimmer für Eltern verboten." Dabei verschränkte sie die Arme und sah ihre Mama sehr streng an.

"Na gut, dann will ich mich daran halten." Sie nickte ernsthaft.

"Und sag es auch Papa. Ihr dürft hier nicht rein", betonte Sarah noch einmal.

"Ja, mache ich. Für Erwachsene tabu. Frühstück?"

Sarah blieb in ihrem Zimmer. Als die Dämmerstunde begann, klopfte Mama an die Tür, kam aber nicht herein. Sarah konnte sie davor mit Papa tuscheln und kichern hören. Als es wieder still wurde und sie die Tür einen Spalt öffnete, stand dort ein Teller mit Keksen und ein Glas Milch. Während sie sich genüsslich einen in den Mund schob, hielt sie plötzlich inne. Das war genau das, was ihr noch gefehlt hatte. Jetzt würden die Mäuse sicher im Haus bleiben. Bedächtig legte sie den Keks auf den Teller zurück.

Am nächsten Morgen huschte Sarah von Zimmer zu Zimmer und schob sich unter jeden Schrank, jedes Regal und in jede geschützte Ecke. Ihr Keksteller war nun beinah leer, als Mama plötzlich hinter ihr stand.

Sarah richtete sich hastig auf und versuchte mit dem Fuß den verdächtigen Teller unter dem Möbel verschwinden zu lassen. Nicht schnell genug.

"Sag mal Schatz, was schiebst du dort unter das Sofa?" Mama bückte sich und hielt den leeren Teller in der Hand.

"Kekse zum Frühstück? Aber wieso unter dem Sofa?" Sarah druckste herum, aber anlügen konnte sie ihre Mama nicht. "Für die Mäuse."

Entgeistert starrte Mama sie an. Sarah kannte den Blick der Erwachsenen, wenn sie einmal wieder gar nichts verstanden.

"Damit sie im Haus bleiben und nicht erfrieren müssen! Die Zweibeinigen." Mama verstand noch immer nicht. So führte Sarah sie zu dem Haus, das sie für die Mäuse gebaut hatte. Gemütlich war es eingerichtet und erinnerte an eine Puppenstube. Und tatsächlich hatte Sarah diese zum Vorbild genommen. Bettchen mit Kissen, Tisch und Stühle.

Sogar Fenster mit Gardinen und ein Kamin mit einem selbstgemalten Feuer. Stolz betrachtete sie ihr gelungenes Werk. Ja, hier könnten die Mäuse überwintern.

Mama lachte hell auf. Damit hatte Sarah überhaupt nicht gerechnet.

"Jetzt weiß ich, was du meinst. Aber mit den Mäusen in dem Gedicht sind Menschen gemeint."

Sarah war enttäuscht. Menschen. Plötzlich fand sie das Gedicht schrecklich blöd. Tränen stiegen ihr in die Augen. Die ganze Arbeit war umsonst gewesen.

"Es tut mir leid. Das Haus ist wirklich ganz, ganz toll geworden." Mama betrachtete es von allen Seiten.

Sarah konnte sich nicht über ihr Lob freuen. Finster starrte sie auf ihre Puschen. Sorgsam stellte Mama das Haus zurück an seinen Platz zwischen Wand und Regal.

"Komm mal her", sie ging in die Hocke und nahm Sarah in den Arm. "Ich finde es schön, dass du auch die kleinen Tiere so lieb hast und dich um sie sorgst. Wir lassen alles so, wie du es aufgebaut hast, und zeigen es dem Papa. Der wird sich auch darüber freuen."

Den Rest des Vormittags verbrachte sie in ihrem Zimmer, selbst Papa konnte sie nicht zu einer Schlittenfahrt überreden. Am Tag vor Heiligabend stellten Mama und Papa den Tannenbaum auf. Langsam zog die Wärme durch die Zweige und ein frischer Duft verbreitete sich im Wohnzimmer.

"Nur gut, dass wir ihn in der Garage stehen hatten. Stellt euch vor, wir hätten ihn unter dem Schnee suchen müssen." Papa trat einige Schritte zurück und betrachtete den Baum. Ganz dicht waren die Zweige und immer noch ein wenig nach oben gebogen, von dem engen Netz, in dem er gesteckt hatte.

"Ich denke, mit dem Schmücken müssen wir noch warten", meinte Mama besorgt und breitete alte Laken unter ihm aus. "Wenn er nicht mehr tropft, dann könnten wir Sarahs Mäusehaus darunterstellen. Was meinst du dazu?"

Sarah nickte, aber noch immer war die Vorfreude nicht zurückgekehrt.

Der Abend kam, der Baum tropfte nur noch wenig und begann herrlich zu duften. Mama holte die Lichterkette und Papa die Leiter. Sarah brachte die Strohsterne und Kugeln.

"Morgen früh können wir ihn gemeinsam schmücken", verkündeten ihre Eltern zufrieden. "Was für ein schöner Baum."

Sarah musterte ihn äußerst aufmerksam. Im dichten Zweiggewirr sah sie, dass sich das Deckenlicht in zwei schwarzen Knopfaugen spiegelte.

"Ja, er ist toll", murmelte sie, und heimlich, als ihre Eltern in der Küche Kaffee tranken, legte Sarah einen großen Keks und ein paar Erdnüsse unter den Baum.

"Lass sie dir gut schmecken", flüsterte sie und verließ auf Zehenspitzen das Wohnzimmer.

"Seht euch das einmal an!" Sarahs Papa stand in der Diele und schwenkte entrüstet seinen Hausschuh.

"Wieso? Das ist dein alter Hausschuh, und?" Mama blickte ihn verständnislos an.

"Na, hier!" Papa ließ seine Finger in dem Schuh verschwinden. Aber nur kurz, denn sein Zeigefinger erschien sofort wieder an der Spitze.

"Das ist ein wirklich großes Loch. Du brauchst neue", erklärte Mama unbeeindruckt. Die Hausschuhe hatten ihre besten Zeiten wirklich schon längst hinter sich.

"Das war gestern noch nicht da", grummelte Papa. Sarah musste kichern.

"Weißt du, wer das war?", wunderte er sich und hielt Sarah den Schuh entgegen. Sie betrachtete ihn und lächelte geheimnisvoll in sich hinein, bevor sie an Papa und Mama vorbei ins Wohnzimmer ging.

"Das war bestimmt die Weihnachtsmaus."

Die Erdnüsse und der Keks waren ebenfalls verschwunden.

II. Teil

Tanz in den Mai

Helmut lehnte am Tresen. Seine Zigarette lässig in den Mundwinkel geklemmt, beobachtete er die tanzenden Paare aus sicherer Entfernung. Im Krug gab es an diesem Abend keinen freien Platz. Die Wirtin zapfte unermüdlich ein Glas nach dem anderen und schenkte ihm keinen Blick. Das konnte ihm nur Recht sein.

Willi schlenderte an ihm vorbei, die Ärmel seines weißen Hemdes bis über die Ellenbogen hochgekrempelt und die Hände in den Tiefen seiner Hosentaschen vergraben, in Richtung Ausgang. Er nickte Helmut beifällig zu und schob mit der Schulter die Tür auf. Vom Flur fegte ein nächtlicher Luftzug herein und erinnerte Helmut daran, dass er unbedingt Willis Jacke mit hinausnehmen musste.

Am anderen Ende des Tresens verlangte Günter lautstark nach einer Schachtel Zigaretten, als Fritz an ihm vorbeischleuderte, in jeder Hand ein Glas, sodass er sich mit den Händen nicht abfangen konnte, während er Günter anrempelte. Geistesgegenwärtig brachte Günter seinen

Kumpan mit einer kräftigen Kehre wieder auf Kurs, steckte die Zigaretten ein und rettete eines der Gläser aus Fritz' Hand. Erstaunlicherweise war nicht ein Tropfen danebengegangen. Noch nicht.

Helmut drückte energisch seine Zigarette aus. Es wurde Zeit beschloss er, stieß sich vom Tresen ab und schob sich durch die Tür.

Ein Schwarm giggelnder Mädchen, mit schwingenden Pferdeschwänzen und ihren extra weiten Röcken, drängelte sich an ihm vorbei in die Gaststube und weiter zum großen Saal, wo die Kapelle zu einer wohlverdienten Pause ansetzte. Über die Köpfe der zum Tresen strömenden Trinklustigen hinweg zwinkerte Dieter ihm zu. Er hatte ihn im letzten Moment gesehen, bevor die Gaststubentür hinter den Gänsen wieder zuschwang. Einen günstigeren Zeitpunkt, um unbemerkt hinauszugelangen, gab es nicht. Im Vorübergehen schnappte Helmut sich seinen Hut und Willis Jacke von der Garderobe. Draußen, unter der Linde, warf er sie ihm an den Kopf.

„Los, anziehen!"

„Ach Quatsch. Mir ist warm."

„Egal, du leuchtest wie ein Glühwürmchen in deinem weißen Hemd. Dann können wir auch wieder hineingehen und allen verkünden, was wir vorhaben." Helmut lehnte sich an den Stamm des dicken Baumes.

Nun wussten die restlichen drei auch Bescheid. Die Idee war mehr als gut und er hoffte, dass die Anzahl der Beteiligten ausreichen würde, um diese nach seinen Vorstellungen umzusetzen. Er hielt Willi auffordernd die offene Zigarettenschachtel hin. Nachdem der seine Tolle wieder in Form gebracht und seinen allerorts unvermeidbaren Kamm zurück in die Gesäßtasche geschoben hatte, fummelte er sich einen der begehrten Glimmstängel aus der schmalen Verpackung und schob ihn sich zwischen die Lippen. Erwartungsvoll reckte er sich Helmut entgegen.

„Wenn du dir noch mehr Brisk in die Haare schmierst, gehst du irgendwann in Flammen auf. Da, mach selbst." Helmut reichte ihm das Sturmfeuerzeug. Vorsichtig entzündete Willi seine Zigarette und sog genüsslich daran.

„Du musst nur wissen wie, dann ist das kein Problem.", grinste er und warf das Feuerzeug zurück. Kopfschüttelnd richtete Helmut seinen Hut und wandte sich um. Lediglich die winzige Glut ihrer Zigaretten deutete nun noch auf ihren Standort hin. Lange mussten sie nicht warten. Reglos verfolgten sie, wie die Kneipentür einen ihrer Kumpel nach dem anderen in die letzte Aprilnacht hinaus spuckte.

„Hast du die Bohlen?"

„Nein, aber das wird auch so gehen."

„Na klar, wir sind doch genug."

„Mann, das Ding ist schwer."

„Sei froh, dass es leer ist." Unterdrücktes Prusten folgte dieser Feststellung.

„Hat auch keiner was anderes behauptet. So, jetzt auf drei." Sie konnten sich das Lachen nicht mehr verkneifen. Helmut verdrehte die Augen.

„Wartet…, da ist wer…" Günter presste dem glucksenden Fritz die Hand auf den Mund. Atemlos lauschten alle. Sie horchten so laut, dass nicht auszumachen war, ob sich unerwünschte Kundschafter hinter den Bäumen versteckten. Als Günter seine Hand wieder herunternahm, brodelte ein Rülpsen tief aus Fritz' Kehle.

„Ejh, Mann! Lass deine Frösche zu Hause!", zischte Helmut gereizt. Er hätte diesen Kerl gar nicht mitnehmen sollen. Es war jedes Mal das Gleiche.

Fritz antwortete mit gleichgültigem Schulterzucken.

„Die wandern jetzt." Ein zweiter Rülpser hatte allgemeines Kichern zur Folge. Die sind schlimmer, als die Mädchen, dachte Helmut schlug sich die Hand vor die Stirn.

„Hier, trink noch 'nen Schluck." Offenbar hatte Günter seinen Flachmann in der Tasche. Ein Gluckern ertönte. Das konnte ja heiter werden.

„So, sind jetzt alle weg?" Da kein weiter Frosch einen Ton von sich gab, nahm Helmut an, dass die Medizin wirkte.

Die Straßenlaternen waren soeben erloschen. Das bedeutete, es war Mitternacht. Der letzte Schlag der Kirchenglocke über ihnen verklang in der völligen Dunkelheit. Musikfetzen wehten vom Krug herüber. Und die Bänder des Maibaumes raschelten leise im Wind. Die Kapelle forderte alles von den Gästen, die den Tanzboden zum Beben bringen würden. Von denen ging noch lange keiner nach Hause. Und er hoffentlich auch nicht. Trotzdem sollten sie sich sputen.

„Nun schieb doch endlich!" Helmut presste die Aufforderung zwischen einem ärgerlichen Zähneknirschen hervor.

„Was glaubst du eigentlich, was wir hier machen?" Ein noch ärgerlicheres Ächzen von Willi war die Antwort.

„So... wird... das nichts." Dieter brachte nur noch ein atemloses Schnauben zustande. Sie verharrten in ratlosem Schweigen, gefolgt von lautem Grübeln und gekrönt durch ein abschließendes unterdrücktes Rülpsen.

Ein Schatten räusperte sich. „Kann ich helfen?"

Gemeinsam gefroren sie in den eingenommenen Haltungen.

„Öh,…"

„Äh,…"

„Naja…" Die allgemeine Ratlosigkeit konnte nicht greifbarer werden. Helmut versuchte sich durch ein Schulterzucken zu befreien, das jedoch kläglich in der Dunkelheit unterging. Er kannte die Schattenstimme.

„Was machst du denn hier?", brachte er dumpf heraus. Fieberhaft fischte er nach einer Erklärung, aber zwischen seinen sich überschlagenden Gedanken war sie nicht zu fangen.

„Schon fertig mit Feiern?", meldete sich Willi lahm.

„Jau! Der Fürst liegt unterm Tisch und pennt. Und Jupp gräbt an der Kleinen von Knapps rum. Und ihr? Arbeitet noch?" Als Antwort ein spöttisches Glucksen, das eindeutig von Fritz kam.

Endlich stolperte Heini aus den Schatten heran und begutachtete den Fall kritisch, wobei er sich an der Kirchmauer abstützte. „So wird das aber nichts. Habt ihr keine Bohlen?" Damit wandte er sich an Helmut, der vor lauter Verwunderung keine verständlichen Worte zu einem zusammenhängenden Satz verbinden konnte.

„Na, was hab ich gesagt! Wir brauchen die Bohlen." Ein erneutes Zetern von Günter.

„Ich hab welche, soll ich die holen?", bot Heini seine Hilfe an. Schwang herum und geriet so stark ins Wanken, dass Willi ihn im letzten Augenblick nur durch einen kräftigen Ruck vor dem ansonsten unvermeidlichen Absturz von der Kirchmauer bewahrte.

„He, he. Nun immer sachte. Also wollt ihr nun die Bohlen? Bald ist der Hexenabend vorbei, wir sollten nun allmählich fertig werden", gab Heini zu bedenken und befreite sich aus Willis Griff, den er augenscheinlich als einen Angriff auf seine Selbstständigkeit deutete. In der Runde machte sich verblüfftes Staunen breit.

„Na gut, wenn du meinst.", würgte Helmut hervor.

„Kein Problem." Heini winkte ab und geriet dabei wieder gefährlich ins Schwanken. „Aber ich brauch einen oder zwei, die mit anpacken. Und wir müssen leise sein."

„Geht klar. Der Rest wartet hier auf euch." Helmut nickte und stieß Fritz den Ellenbogen in die Seite, um dessen zunehmend lauter werdendes Feixen zu beenden.

„Du kannst sagen, was du willst, die haben hier alle einen an der Waffel. Ein Güllefass auf dem Feuerwehrschuppen."

„Wie haben die das Ding da hinaufbekommen?"

„Bohlen."

„Bohlen?"

„Ja, die Spuren hier sind eindeutig." Ratlos begutachteten die beiden diensthabenden Polizisten das gewagte Gebilde. Mittlerweile versammelten sich einige Schaulustige und deuteten lachend auf das Dach. Durch die Umstehenden näherte sich Heini zielstrebig den immer noch verblüfften Polizisten. Seine mistverschmierten Gummistiefel schlenkerten um die dünnen Knöchel, wobei lediglich die in den Schaft gestopfte Hose verhinderte, dass er sie verlor. Unter den übernächtigten Augen flammten seine Wangen wütendrot. Aus sicherer Entfernung grinste Helmut zu Willi und Günter hinüber, die auf der gegenüberliegenden Seite des Feuerwehrschuppens mit verschränkten Armen und einem Ausdruck ungläubiger Verwunderung zu dem Güllefass hinauf sahen. Sie machten ihre Sache sehr gut. Leise gesellte sich Dieter zu Helmut. Keiner wollte ein Wort verpassen, das während der sich anbahnenden Begegnung gewechselt werden würde.

„Morgen Wachtmeister, ich will eine Anzeige machen.", raunzte Heini.

„Da müssen Sie zur Wache kommen, Herr...?" Der angesprochene Polizist musterte sein Gegenüber mit hochgezogenen Brauen.

„Zehntaler. Heini Zehntaler. Mir wurde mein Güllefass entwendet, letzte Nacht." Den beiden Polizisten blieben die Münder offen stehen, bis es schließlich einem gelang, sich zu räuspern.

„Oh, handelt es sich vielleicht um dieses dort?" Der Polizist deutete auf das Dach und musterte den erbleichenden Heini, der sein Fass nun eindeutig wiedererkannte. So aus der Nähe betrachtet.

„Jetzt bin ich sehr gespannt darauf, wie er sich selbst anzeigt", hustete Helmut, und Dieter wischte sich Tränen aus dem Augenwinkel.

Feuerzorn

Mirjam wälzte sich unruhig zwischen den feuchten Laken hin und her. So sehr sie sich auch bemühte, der Schlaf wollte nicht kommen. Die Luft war unerträglich schwül, bis ein Gewitter mit schwerem Regen über das Dorf hinwegzog und endlich die ersehnte Abkühlung brachte.

Die feinen Vorhänge am weit geöffneten Fenster schwangen nur matt und verhinderten, dass die angenehme Kühle bis in ihr Zimmer vordrang. Mirjam seufzte und warf das klumpige Kissen auf den Boden. Sie horchte in die Nacht hinaus.

Ein rhythmisches Klappern auf der Straße verlangsamte sich unter ihrem Fenster. Mirjam huschte aus dem Bett. Verborgen im Schatten des Vorhangs lugte sie auf die Straße hinunter. Das warme Pflaster dampfte. Aus den aufsteigenden Schwaden lösten sich Nebelfinger, die nach dem trüben Licht der Gaslaterne an der Ecke griffen, und eine Anzahl dunkler Wagen mit runden Dächern bog von der breiten Straße ab.

Die gedrungenen Gefährte wurden von jeweils vier kleinen Pferden gezogen. Gebückte Gestalten lenkten sie. Atemlos verfolgte Mirjam das seltsam farblose Schauspiel, bis die

Laterne des letzten Wagens hin und her tanzend im Nebel verschwand.

Mirjams Herz klopfte unbändig. Sie schluckte trocken. In ihrer Aufregung hatte sie vergessen, den Mund zu schließen.

Fahrendes Volk!

Wie sehnlich sie sich gewünscht hatte, die Wagen möchten eines Tages auch zu ihnen kommen. Ihr Wunsch hatte unausgesprochen bleiben müssen. Nun lauschte sie ihnen nach in der Nacht, bis das Schlagen der Hufe verklungen war. Erst sehr viel später schlief sie endlich ein.

In ihren unruhigen Träumen wanderte sie durch die Dünste und suchte, sah Schemen der Wagen mit den kleinen Pferden, doch dunkle Finger zerrten sie fort, ließen sie nicht los, sodass sie sie nicht erreichen konnte.

Bedrückt und gehetzt erwachte Mirjam. Feucht klebten ihr die dunklen Haare auf der Stirn. Die unheilvolle Erinnerung haftete noch immer an ihren Gedanken und auch der freundliche Spätsommermorgen konnte sie kaum lösen.

Unausgeschlafenes Geheul trieb Mirjam aus dem Bett. Offensichtlich waren ihre jüngeren Geschwister ebenfalls von dem Gewitter wachgehalten worden und ließen ihre Missstimmung an der Mutter aus. Mirjam seufzte. Sie ahnte, dass sie sich nicht auf die Suche nach den

Ankömmlingen würde machen können. Die schmale Stiege empor ertönte nun das auffordernde Rufen ihrer Mutter. Hastig lief Mirjam hinab. Ihre Brüder hingen wie zwei kleine Affen an Mutters Hals.

Ihren süßen Morgenbrei opferte Mirjam den beiden Quälgeistern und begab sich zum Vater in den Laden. Seine Augenbrauen waren dunkel zusammengezogen und verkündeten seine Meinung darüber, dass sie verschlafen hatte. Eilig band sie sich die lange Schürze um und versenkte den Blick in die Bestelllisten.

Die Türglocke bimmelte an diesem Tag unaufhörlich. Es war Markttag im Amt und aus allen umliegenden Dörfern strömten die Menschen in den Ort. Ein monatlich wiederkehrendes Ereignis, das mit allgemeiner Ungeduld erwartet wurde. Aber die Freude, die sonst damit einherging, fehlte an diesem Morgen.

Mirjam bemerkte, dass im Laufe des Tages die Stimmung unter ihrer Kundschaft immer gespannter wurde. Unwillkürlich dachte sie an die Verdichtung der Luft kurz vor einem Gewitter. Dieser merkwürdig klare Geruch und das Knistern in den Haaren.

Sie sah die gereizten Gesichter der Kunden und hörte das aufgebrachte Tuscheln. Hinter vorgehaltener Hand wanderten die Botschaften von Mund zu Ohr. Jedoch wenn sie den Raum betrat, versiegten die Worte, dafür redeten die Augen weiter. Mütter hielten ihre Kinder an sich gedrückt.

Dennoch gelang es Mirjam, einzelne Wörter oder auch abgerissene Satzfetzen aufzufangen.

Rumtreiber, Tagediebe, entwendete Wäsche, verschwundene Hühner, schmutziges Volk und die Angst um die Kinder, das war nur ein wenig von dem, was sich verbreitete wie stinkiger Qualm.

Mirjam kannte viele verschiedene Geschichten, die häufig wie Lauffeuer durch das Amt eilten. Wo Rauch war, da war auch Feuer. Die Wagen mussten also noch in der Nähe sein. Mirjam schauderte vor Aufregung.

Der Tag wollte kein Ende nehmen. Zäh wie kalter Honig floss er dem Abend zu. Mit dem herbeigesehnten Sonnenuntergang kam er.

Die Ladenglocke gab ein einzelnes, verlegenes Kling von sich und ein Junge schob sich mit ihm in den Laden. Er drückte sich an den Obststeigen vorüber und musterte die kleinen Augustäpfel sehnsüchtig. Mirjam nahm an, dass er vielleicht zwei Jahre älter war als sie. Das Haar war schwarz und schimmerte wie die Flügel der Krähen. Im Nacken war es zusammengebunden mit einem Lederband.

In seinem rechten Ohrläppchen blitzte ein kleiner goldener Ring. Seine Haut war dunkel von der Sonne vieler Sommer und seine Augen glommen wie Kohlen im Feuer. Sein Hemd war gewiss einmal weiß gewesen und auf seiner Weste entfalteten Vögel und Pflanzen ihr verblasstes Farbenspiel. Verträumt starrte Mirjam ihn an. Er musste zu Jenen in den kleinen Wagen gehören.

Erst die barsche Stimme ihres Vaters unterbrach ihr Staunen.

„Wir schließen jetzt. Wähle aus, was du willst, und dann geh."

Der Junge schreckte auf und nickte hastig. Aus den tiefen Taschen seiner ausgefransten Hose brachte er nach einigem Suchen ein kleines Geldstück hervor und hielt es ihrem Vater hin.

„Ich möchte einen davon." Er deutete auf die Äpfel vor sich.

Mit ungewohnt spitzen Fingern nahm der Vater die Bezahlung entgegen und reichte die gewünschte Ware weiter. Der Junge strahlte und verließ rasch den Laden. Kaum, dass er seinen Fuß aus der Tür gezogen hatte, legte ihr Vater den Riegel vor und schloss ab. Mirjam verfolgte den Jungen mit Blicken die Stufen hinunter bis auf die kopfsteingepflasterte Straße. Er blieb stehen und hielt sich den Apfel unter die Nase, aber er biss nicht hinein. Trotzdem hatte Mirjam noch nie so viel Glückseligkeit gesehen, als er seinen Schatz behutsam in der Hosentasche verstaute. Pfeifend schlenderte er bis zur Ecke und bog ab.

„Tochter, hör auf, diesem Landstreicher hinterherzustarren und komm vom Fenster weg."

Mirjam fügte sich wortlos unter dem tadelnden Kopfschütteln und folgte dem Vater in die Küche.

Nach dem gemeinsamen Abendbrot ging Mirjam unter dem Vorwand, die Hühner einsperren zu wollen, auf den Hof hinaus.

In einiger Entfernung am Rande des Dorfes bildeten zahlreiche Linden einen ovalen Platz. Von dort wehte leise Musik zu ihr herüber.

Oh, da waren sie! Hastig sah sie sich um und schlüpfte aus der hinteren Pforte.

Zwischen den dicken Stämmen winkten die Flammen eines lustigen Feuers herüber. Mirjam raffte die Röcke und rannte im Schutz der zunehmenden Dunkelheit auf das Lager zu. Nur keinen kostbaren Moment verschenken. Die Wagen endlich mit eigenen Augen sehen. Ein ungewohnt flatterndes Gefühl in der Brust erinnerte sie an den Jungen. Ob sie ihn sehen würde?

116

Mirjam presste sich an den Stamm der Linde und betrachtete das Lager. In ihren kühnsten Träumen hätte sie diesen Anblick nicht erwartet. Sie konnte sich gar nicht sattsehen an den tanzenden Fackeln. Ein Feuerstoß aus dem Mund eines Mannes, der nur mit einer bunt gestreiften Hose bekleidet war. Zwischen den Bäumen war ein Seil gespannt und in der luftigen Höhe schwebte eine Fee. Ihr einziger Halt war ein Schirmchen, ein zartes Gebilde aus Spitze, das sie sicher nicht in der Luft halten würde, sollte sie das Seil unter ihren Füßen verlieren.

Der Junge warf Bälle in die Luft. Verwandelte sie zu einem wirbelnden Kreis. Die Frauen in vielfarbigen Röcken saßen vor den Wagen und eine Horde Kinder eines jeden Alters spielte Fangen unter den Bäumen. Drei Männer stimmten eine wilde Melodie an. Bunt, lustig und so lebendig ging es zu. Mirjam war gefangen.

„Was tust du hier?" Ein kleines Mädchen mit Feueraugen schob sich die dunklen Locken aus dem Gesicht und musterte Mirjam von oben bis unten. Sie sprach in demselben singenden Tonfall wie der Junge.

„Oh, ich wollte nur schauen. Ich wollte nicht…"

„Du siehst doch gar nix, wenn du hinter dem Baum stehst."

Unerwartet ergriff die Kleine ihre Hand und zog sie mit sich. Direkt zum Feuer hinüber.

Mirjam war erstaunt, wie überraschend kräftig sie war.

„Schaut, wen ich gefunden habe!", verkündete das Mädchen stolz, während sie zu Mirjam aufblickte.

Alle Anwesenden sahen Mirjam an.

„Ich kenne sie. Die gehört zu dem Laden an der Ecke." Der Junge nickte zu Mirjam herüber.

„Kann sie mit uns spielen?" Die Erwachsenen nickten und einen seltsamen Augenblick lang fühlte Mirjam sich zu Hause.

Mirjam blinzelte schlaftrunken. Eine Hand hatte sie grob an die Schulter gefasst und rüttelte heftig.

„Bitte, wach auf! Wir müssen fort. Sie kommen!" Angst verfärbte die Stimme der Frau und nistete in ihren Augen. Die Wagen standen aufgereiht, bereit zur Abfahrt. Die Männer legten letzte Hand an. Vom Dorf wehten böse Rufe, durchdrungen von Zorn und Hass herüber. Der Tumult drängte sich im Schein von unzähligen Fackeln.

Entsetzt presste Mirjam sich die Hand auf den Mund. Schon wandte sie sich um, um mit den Gauklern zu fliehen, aber die ausgestreckte Peitsche des Anführers hielt sie zurück. Vom Kutschbock herunter sah er Mirjam mitleidig an.

„Du gehörst zu denen. Deinetwegen kann ich den Clan nicht in Gefahr bringen, auch wenn du uns sehr ähnlich bist ... du musst hierbleiben."

Mirjam blickte zögernd über ihre Schulter. Der Anführer hob die Peitsche und knallte laut über den Pferderücken. Der ganze Zug setzte sich ruckend in Bewegung und fuhr auf die Landstraße hinaus.

Gebannt sah Mirjam zum Dorfrand. Dort spiegelten sich Flammen in den Sensen und hüpften auf den Zinken der Heugabeln. Drohend hoben sich Fäuste in die Nacht. Mirjam erkannte keinen der vertrauten Menschen. Das Feuer schmolz sie zu einem gefräßigen Ungeheuer zusammen, das sich nun geifernd heranwälzte.

Allein stand sie am verlöschenden Feuer und sah den Wagen nach, bis auch der letzte hinter der Hügelkuppe verschwunden war.

Dann war das Ungeheuer heran und fand niemanden außer Mirjam.

Zwei Kilo Fleisch

oder

"Von Sweine un Kartuffeln"

Der Mist dampfte hoch in den tiefblauen Himmel, als Gerlinde die Karre aus dem Stall schob. Klar und kühl war die Nacht gewesen, beinah schon frostig. Der Herbst hatte Einzug gehalten. Erschöpft presste sich die junge Frau beide Hände in den Rücken. Ob sie sich je wieder ohne Schmerzen würde aufrichten können, das fragte sie sich jeden Morgen, wenn der Stall endlich sauber war. Hinter ihr rumorten die beiden verbliebenen Schweine und verlangten nach Futter.

Müde kippte Gerlinde den Mist ab und wandte sich wieder dem Stall zu. Nach kaum mehr als zwei Schritten ließ sie das atemlose Rufen ihrer Schwägerin innehalten.

"Was gibt es, Helga? Nachrichten von der Front?"

"Nein ...", keuchte Helga und hielt sich die Seite. "Er kommt, ... ich habe ... ich habe ihn gesehen."

"Wen hast du gesehen?"

"Na, den ... OGL Amtmeier."

In Gerlindes Magen bildete sich ein eisiger Klumpen.

"Er kommt hierher? Wann? Jetzt?"

Helga nickte heftig und schluckte. "Ja, ja", stieß sie hervor. "Ich habe gesehen, wie er sich mit dem Luden-Fritz auf den Weg zum Blücher gemacht hat. Sie hatten die Liste bei sich."

"Dann bleiben uns vielleicht noch eineinhalb Stunden." Gerlinde wusste, dass dies unweigerlich kommen musste. Insgeheim hatte sie jedoch gehofft, dass ihr etwas mehr Zeit vergönnt geblieben wäre.

"Was sollen wir denn nun machen?" Helga blickte sie verzagt an. Sie war immer ängstlich in der letzten Zeit. Gerlinde konnte ihr das nicht verdenken, nach den Bombenangriffen auf Hameln.

"Lauf hinein zu Heinrich und sag ihm Bescheid. Ich bereite alles vor. Ach ja, bring den Korb mit dem alten Brot mit."

"Aber wir wollten doch Brotsuppe machen", wandte Helga ein.

"Daraus wird wohl jetzt nichts mehr, du kannst dir überlegen, was dir lieber ist." Gerlinde sah Helga finster an. Manchmal war sie wirklich begriffsstutzig. "Nun mach schon, wir haben keine Zeit."

Helga lief voraus zur Verbindungstür zum Wohnhaus und Gerlinde eilte zum Strohlager. Aus der Kitteltasche fischte sie ein kleines Messer und schnitt eiligst die Bänder der Bunde auf. Sie verteilte das Stroh grob in der

122

gegenüberliegenden Bucht und drängte eine der Sauen hinein. Die andere protestierte grunzend und wollte sich an Gerlinde vorbeidrängen, aber erfolglos. Gerlinde schlug ihr die Tür vor der Nase zu und legte den Riegel um.

Ohne sich umzuwenden begann Gerlinde das Stroh Bund um Bund in der Stallgasse zu stapeln, bis sie den Boden freigelegt hatte. Früher hatten sie das Stroh über den Schweinebuchten gelagert, aber seit die meisten Buchten leerstanden, lagerten sie es gegenüber.

Gerlinde wischte sich den Schweiß von der Stirn und rückte ihr Kopftuch zurecht. Die Angst vertrieb ihr die Müdigkeit aus den Gliedern und belebte verbliebene Kraftreserven.

In der vergangenen Nacht war an Schlaf nicht zu denken gewesen. Gemeinsam mit Heinrich hatte sie bis spät in den Abend hinein gearbeitet. Gerade, als sie die letzten Flaschen im Gewölbe unter dem Küchenboden verstauten, hörten sie das Brummen.

Die Bomber flogen und flogen. Donnergrollen erfüllte die Luft und im Norden war eine Sonne aufgegangen, die sich in dichten schwarzen Rauch hüllte. Hannover brannte.

Bange dachte Gerlinde an die vielen Menschen unter den Bombenschauern und bat still den Himmel, dass er ihnen beistehen möge. Helga weinte die ganze Zeit, klammerte sich an sie und war zu nichts zu gebrauchen. Gerlinde brachte sie zu Bett, wandte sich leise ab und schlüpfte zur Hintertür hinaus in den angrenzenden Garten. Dort fand sie Heinrich, der im Dunkeln auf der Bank saß. Noch hing ein schwacher Geruch nach dem Kraut in der Luft, dass er neuerdings in seine Pfeife stopfte. Achtlos war sie in seiner Hand erloschen, während er nach Norden starrte.

"Das sind die Tommys", kommentierte er tonlos die tieffliegenden Bomber. Gerlinde nickte, obwohl ihr Schwiegervater das gar nicht sehen konnte. Sie setzte sich neben ihn. Seine Hand lag ruhig neben seinem Stock. 1915 hatte ihm eine Kugel das Knie zertrümmert, seitdem war sein Bein steif.

"Steif mag es sein, aber ich habe es aus Frankreich wieder mitgebracht!", pflegte er immer zu betonen und grinste jeden, der Mitleid mit ihm hatte, schelmisch an.

Seitdem seine Söhne verstreut im Osten, Westen und tief im Süden verschollen waren, grinste er nicht mehr.

Gerlinde wusste, dass er sie lieber heute als morgen zurückgeholt hätte. Sanft legte sie ihre Hand auf die seine. Hart und voll unterdrückter Sorge umklammerten seine Finger die Kante der Sitzfläche. Im stummen Einvernehmen zog sich Gerlinde zurück.

Schweiß durchfeuchtete Gerlindes Kittel und brannte ihr in den Augen. Warum hatte der OGL die Abholung vorverlegt? Gerlindes Gedanken flogen aufgeschreckt hin und her. Wenn ihnen nur genug Zeit blieb.

So schnell es sein steifes Bein zuließ, kam Heinrich die Stallgasse hinunter. Helga folgte ihm auf dem Fuß. Einen Korb, gefüllt mit Brot, Falläpfeln und Rübenschnitzen über den Arm gehängt.

"Wie viel Zeit bleibt uns noch?", wandte sich Gerlinde an ihren Schwiegervater.

"Eine dreiviertel Stunde. Hast du den Eimer?"

Gerlinde nickte und reichte ihn dem alten Mann. Ohne zu zögern, schüttete er den Inhalt zweier Flaschen hinein, griff nach dem Korb seiner zweiten Schwiegertochter und kippte dessen Inhalt dazu. Danach mengte er alles gründlich durch.

"Was habt ihr vor?" Helgas Stimme war von zunehmender Panik gekennzeichnet.

"Was glaubst du wohl", zischte Gerlinde zurück. "Vater und ich wollen nur verhindern, dass wir verhungern."

"So ein Unsinn! Der Reichslandbund wird für eine Umverteilung sorgen. Sie lassen uns nicht hungern."

Gerlinde ließ den eben aufgenommenen Eimer sinken und starrte ihre Schwägerin erbost an.

"Nach der letzten Nacht, nach den Gerüchten und den Rationierungen, glaubst du allen Ernstes immer noch daran, was DIE uns weismachen wollen?"

Helga verschränkte die Arme und hob schnippisch das Kinn. "Ja, wieso nicht?"

Gerlinde musterte sie vom Kopf bis zu den Füßen, dann nahm sie den Eimer wieder auf und trat an die Schweinebucht, wobei sie ihrer Schwägerin einen unsanften Stoß versetzte. "Du bist noch viel dümmer, als ich geglaubt habe, und jetzt geh mir aus dem Weg!"

Helga stolperte zurück und schnappte empört nach Luft. Sie setzte schon zu einer entsprechenden Erwiderung an, als Heinrich sie grob am Arm fasste.

"Wenn du über das, was hier geschieht, auch nur ein Wort verlierst, jage ich dich vom Hof und sorge dafür, dass dein Mann davon erfährt. Und jetzt scher dich aus dem Stall und kümmere dich ausnahmsweise einmal um meine Enkel!"

"Ihr seid verrückt! Alle beide! Wenn der OGL davon erfährt, kommen wir ins Zuchthaus", keifte Helga und ihre wutroten Wangen glühten über dem bleichen Gesicht. Sie war hässlich, stellte Gerlinde fest.

"Dann würde ich an deiner Stelle dafür sorgen, dass er es nicht erfährt ...",

"... weil er uns sonst erschießen wird", beendete Heinrich Gerlindes Satz.

Helga floh aus dem Stall ins Haus und schlug die Tür zu.

"Na, dann wollen wir mal ...", schloss Heinrich schlicht und wandte sich der Sau zu.

Gerlinde blieb keine Zeit zum Zittern. Über ihre Schwägerin würde sie sich später Gedanken machen müssen.

"Sie wird nichts verraten", meldete sich Heinrich leise. "Sie ist vielleicht verblendet, aber sie liebt ihre Kinder viel zu sehr und sie weiß nicht, wohin sie gehen soll. Also mach dir darum keine Sorgen." Gerlinde wog zweifelnd den Kopf hin und her, während sie gemeinsam beobachteten, wie die Sau den Eimer leerte.

"So, Frau Kötner, Ihnen ist die Prozedur bekannt. Für Volk und Vaterland, wo sind die Säue?" Richard Amtmeiers feistes Gesicht leuchtete und er klemmte die Daumen in sein Koppel.

"Es ist eine Sau. Die andere ist verreckt." Gerlinde sah den Ortsgruppenleiter unverwandt an. Hinter ihm warfen sich Luden-Fritz und Blücher verstohlen einen Blick zu. Richard Amtmeier räusperte sich. Sein argwöhnisch durchdringender Blick beschleunigte den Herzschlag der jungen Frau. Jetzt durfte sie sich nichts anmerken lassen.

"Geh doch hinein und sieh selbst nach", meldete sich ihr Schwiegervater. Angewidert musterte Amtmeier die mit Schweinemist bedeckte Stallgasse. Offenbar hatte er wenig Lust, sich seine frisch gewichsten Stiefel zu beschmutzen und Bekanntschaft mit einer wütend schäumenden Sau zu machen, die ihn aus ihren winzigen Äuglein, über ihrer Buchttür hängend, anstarrte.

"Herr Luden, Sie werden das überprüfen!", ordnete er barsch an.

Ohne mit der Wimper zu zucken begab sich der Viehverkäufer in den Stall und sah sich um.

"Frau Kötner sagt die Wahrheit, hier ist nur diese eine Sau." Gerlinde sah die Enttäuschung über die Züge des Ortsgruppenleiters Amtmeier wachsen.

Ruppig nahm er seine Liste zur Hand und kritzelte einen Vermerk.

"Wieviele Personen?"

"Meine Schwiegereltern, Helga und ich, also vier Erwachsene, sieben Kinder und ein Erntehelfer."

"Sie werden Ihren Beitrag zur Stärkung der Kameraden an der Front ableisten. Da Sie nur noch ein Schwein zu füttern haben, werden Sie das überschüssige Futter an einen

128

Bauern geben, der zu wenig davon hat. Guten Tag!" Zackig wandte er sich um und verließ den Hof.

"Hier, trink das!" Heinrich hielt ihr eine ihrer Flaschen hin. Der Alkohol stieg Gerlinde heftig in die Nase. Mit kraftlosen Beinen hatte sie es gerade noch bis zu den Strohballen geschafft, dort war sie niedergesunken.

Sie griff zu, nahm einen kräftigen Schluck, schnappte nach Luft und hustete. Danach wischte sie sich die tränenden Augen. Zufrieden genehmigte sich auch ihr Schwiegervater einen ordentlichen Schluck, als das tiefe Schnarchen einer sturzbetrunkenen Sau hinter den Strohballen ertönte.

"Ich glaube, die Kartoffelernte wird sehr schlecht ausfallen in diesem Jahr", sinnierte Heinrich, schnalzte genüsslich mit der Zunge und lächelte.

Südwest im Herzen

"Trude! Was tust du an Vaters Lade?"

Der Schreck ließ das Mädchen erstarren. Abrupt drehte es sich zu seiner zwei Jahre jüngeren Schwester um und barg die Hände mit dem verräterischen Gegenstand auf dem Rücken.

"Gar nichts!" Trotzig reckte sie Lotte das Kinn entgegen.

"Wenn Mutter das sieht, kriegst du wieder Backpfeifen. Dann wirst du schon sehen!", erklärte Lotte altklug.

"Aber nur, wenn du wieder petzt."

"Tu ich gar nicht! Lügnerin!"

"Petze!"

Die Mutter erschien in der Tür. Mit einem Blick erfasste sie die Situation, schob Lotte beiseite und stand mit zwei Schritten vor Trude. Ängstlich senkte das Mädchen den Kopf und presste den Rücken gegen die Kommode. Die Mutter streckte die Hand aus und ihr Zeigefinger verlangte energisch das verborgene Etwas.

"Her damit! Augenblicklich!"

Trudes Schultern rutschten tief in ihr zu großes Kleid, aber sie regte sich nicht. Ungeduldig fasste die Mutter zu, zerrte ihr den rechten Arm hinter dem Rücken hervor und griff nach der verblichenen Postkarte, holte mit der Linken aus und versetzte ihrer Tochter eine schallende Ohrfeige.

"So, hinaus mit dir an die Arbeit. Und wage es nicht noch einmal an diese Lade zu gehen."

Trude drängte sich heulend an der Mutter vorbei und stieß mit ihrem Vater zusammen.

"Na, na, wer wird denn ... ", tröstend legte er seiner Tochter die Hand auf den Scheitel.

"Helene?" Der auffordernde, beinah anklagende Ton, mit dem er eine Erklärung verlangte, fruchtete bei seiner Frau nicht.

Schneidend erwiderte sie nur: "Sie war wieder an deiner Lade, Friedrich! Immer sucht sie nach dieser unseligen Karte. Wirf sie endlich fort! Ich weiß gar nicht, warum du dieses vergilbte Ding immer noch aufbewahrst. Die Zeit ist lange vorbei. Zum Glück! Setz Trude nicht weiterhin Flausen in den Kopf. Afrika! Das war von Anfang an eine Schnapsidee von dir!" Voller Verachtung warf sie die Karte auf das eheliche Bett und rauschte aus dem Zimmer. Ihre Eifersucht konnte Friedrich beinah riechen. Helene teilte nicht gern.

Friedrich Panko seufzte tief, lehnte sich an den Türrahmen und drückte seine Tochter an sich.

Trudes Tränen versiegten allmählich, nur ihre Wange brannte noch, aber dieser Schmerz würde auch bald nachlassen.

"Vater?", schniefte sie.

"Hm?"

"Du wirst sie doch nicht fortwerfen? Und das Ei, von dem großen Vogel auch nicht, oder?"

"Das Straußen-Ei?" Erstaunt erforschte der Vater das nasse Gesichtchen, bevor er seiner Tochter antwortete: "Nein, werde ich nicht."

"Wirst du mir auch wieder davon erzählen?"

Lächelnd strich er ihr eine Haarsträhne hinter das Ohr und nickte.

"Nur jetzt lieber nicht, später am Abend, bevor ich zur Schicht gehe."

Zufrieden über ihre geheime Absprache löste sich Trude vom Vater und eilte durch den engen Flur in den Hinterhof hinaus. Die Tür ließ sie offen.

Ein Luftzug fegte herein und die Karte vom Bett. Friedrich bückte sich und klaubte sie vom Boden auf. Sorgsam wischte er ein paar Staubflocken von der Rückseite. Es schien, als entfernte er damit auch die Jahre, die seitdem vergangen waren. Er erinnerte sich, wie er sie damals an seine Helene schrieb, in Windhuk, als es noch einen Kaiser gab, und er drehte sie um ...

Der Wind erhob sich mit der aufgehenden Sonne. Es war, als ritte die Hitze des neuen Tages aus den Tiefen der Namib bis zum Atlantik. Eine weitere Attacke des immerwährenden Kampfes gegen die kühle Feuchtigkeit, die der Benguelastrom aus der Antarktis mitbrachte. Weit vor der Küste verhüllte sich der Horizont mit schwerem Dunst. Eine Barriere, die zur Gefahr für alle ankommenden Schiffe wurde. Diejenigen, die sie sicher passierten, erreichten Swakopmund, den lebendigen Hafen am Rand der Skelettküste.

Friedrich schritt die staubige Straße entlang, den Blick auf den schäumenden Atlantik gerichtet. Zwei Tage hatte er gebraucht, um von Windhuk in den Bergen zurück an die Küste zu gelangen. Die Bahnstrecke war vom wandernden Sand verweht worden und musste immer wieder von den Herero freigefegt werden. Friedrich glaubte fest, dass die Namib einer der unruhigsten Orte dieser Welt war. Der Sand war immer in Bewegung. Wie das Wasser des Oranje, dem Vater der Namib. Mit seinen gewaltigen Fluten brachte er den Sand und die darin enthaltenen Schätze heran und türmte ihn an der Küste auf. Alles strebte dem Ozean zu, als hätten die Elemente nichts Eiligeres zu tun, als dieses Land zu verlassen.

Friedrich stellte sich allem entgegen, dem Sand und Staub, dem ewigen Wind, der Trockenheit und Hitze zum Einen. Den wilden, grünen Bergen mit ihrer fremdartigen Vegetation zum Anderen. Das Land hatte seine Seele erfasst. Seine Entscheidung stand fest, er würde bleiben, für immer.

In diesem Land hatte er gefunden, was er im Kaiserreich, der Heimat, nie zu erreichen gewagt hatte: eigenes Land, ein gutes Auskommen und ein Leben unter einem hohen, weiten Himmel. Hier brauchte er nicht mehr einzufahren in feuchte Gruben, wo er das Tageslicht beinah nie zu Gesicht bekam und lange vor seiner Zeit sterben musste wie sein Vater. Bergleute wurden nicht alt. Starben sie nicht an der langsamen und schleichend voranschreitenden Versteinerung ihrer Lunge, so holte sie sich die Grube.

Nach dem Tod seines Vaters hatte er die sich ihm bietende Gelegenheit ergriffen und war ohne langes Zögern auf das Angebot der Otavi Minengesellschaft eingegangen. Die Aussicht auf gute Bezahlung und die Aufstiegsmöglichkeiten bedeuteten für ihn sehr viel mehr als der unsichere Erfolg, den ein eigener Schürfschein versprach.

Und er hatte Recht behalten, denn schon nach kurzer Zeit wurde das ganze Gebiet um Kolmannskuppe zur Diamantensperrzone erklärt. Große Syndikate und der Kaiser verdienten nun an den Funden und den Schürfern blieb, bei den hohen Kosten, kaum genug zum Leben.

Friedrich war mit seiner Weitsicht sehr zufrieden. Jeder Pfennig, den er verdiente, steckte er in sein Land, statt ihn in den Vergnügungsvierteln zu verschleudern. Sobald an diesem Morgen das Bankhaus seine Türen öffnete, würde er die letzte Rate begleichen, und damit gehörte die Farm in der Nähe von Windhuk endlich ihm. Sein Herz war leicht und der Himmel rückte noch ein Stückchen höher.

Endlich konnte Helene zu ihm kommen. Sie würden heiraten und gemeinsam hier in Deutsch-Südwestafrika ein ganz neues Leben anfangen.

Im Büro des Bankangestellten brummte der Deckenventilator. Dem rotgesichtigen Mann lief trotzdem der Schweiß in den steifen Kragen. Friedrich war schon vor einiger Zeit dazu übergegangen, statt seiner schwarzen Bergmannskluft leichtere, helle Baumwollkleidung zu tragen. Der eingezwängte Mann ihm gegenüber hätte an

136

einem anderen Tag vielleicht sein Mitleid erregt, da er den preußischen Vorschriften folgen musste, heute jedoch hatte er nur noch Blicke für die Urkunden.

"Nun brauchen Sie nur noch hier und hier zu unterschreiben, dann sind Sie Landbesitzer. Mit Datum und vollem Namen, wenn ich bitten darf."

Sein Gegenüber lächelte, wenn auch gequält, und schob Friedrich die Papiere und den Federhalter hin.

"Sehr gern." Friedrich rutschte bis an die Kante seines Stuhles, tauchte die Feder ein und schrieb bedächtig der Situation angemessen in seiner schönsten Handschrift:

Swakopmund Deutsch-Südwestafrika, den 27. Juni 1914, Friedrich Panko ...

Drohend ballte sich am nächsten Morgen ein Sturm über Sarajevo zusammen, der die Welt in ihren Grundfesten erschütterte und auch Friedrich davon wirbelte. Bis er ins ehemalige Kaiserreich heimkehrte, wo Helene ihn sehnsüchtig erwartete. Jedoch verrieten ihn seine Augen. Sein Herzens würde nie ganz Helenes Eigen sein. Ein Teil gehörte der Kolonie und seinem verlorenen Land in Windhuk.

138

III. Teil

Craig na Dun

Die Dunkelheit schlüpfte zurück in ihr Nest unter dem Grabhügel. Vom Boden stieg feuchte Kälte auf und durchdrang mein Kleid. Obwohl mich die dicht gewebte Wolle schützen sollte, wich allmählich die Wärme meines Körpers. Meine Umgebung verschwamm. Ich war auf derartige Nebenwirkung vorbereitet. Trotzdem fiel es mir nicht leicht, die ängstliche Benommenheit zurückzudrängen, weil sich Schemen und Umrisse nur zögernd aus dem Nebel lösten. Blinzelnd versuchte ich mein Sichtfeld zu erweitern, aber ein zweifarbiges Antlitz füllte es fast aus.

Augen, so leuchtend, dass man dem Himmel sein Azur verzieh. Nussdunkles, schulterlanges Haar. Eine schmale Nase und ein markantes Kinn prägten das Gesicht, welches zur Hälfte blau gefärbt war. Unter der Bemalung waren die Augenbrauen dicht zusammengerückt.

Ein erlöstes Seufzen entschlüpfte mir, ohne dass ich es verhindern konnte. Endlich, endlich ging mein Traum in Erfüllung. Ein Highlander!

Der Hochland-Schotte musterte mich besorgt, ganz so wie man ein verletztes Tier begutachtet.

Er hob die Hand und bewegte sie vor meinen Augen hin und her. Das dabei entstandene Fächerbild löste eine Welle von Übelkeit aus, die über mich hinwegrollte und mich zu ertränken drohte. Ich schluckte heftig.

Die tiefe Stimme "meines" Highlanders zog mich an die Bewusstseinsoberfläche zurück und half mir, mich erneut auf sein Gesicht zu konzentrieren. Silbrige Strahlen. Regenbogenpunkte. In diesem Feuerwerk verbanden sich seine Mundbewegungen und Laute nicht sinnvoll miteinander.

"Dè tha ceàar ort?" Wie wunderbar er das "R" rollte.

"Ciamar a tha lag ort?" Als ich ihn weiterhin wortlos ansah, runzelte er die Stirn und murmelte etwas, dass wie "Sassenach" klang.

"Was fehlt Ihnen? Ist Ihnen schwindlig?", wiederholte er auf Englisch.

Das Funkenwerk endete. Natürlich! Seine Muttersprache war noch Gälisch und nicht die der verabscheuten Sassenach.

Vorsichtig setzte ich mich auf und atmete instinktiv gegen die Übelkeit an. Allein mein eiserner Wille hinderte mich daran, mein Frühstück im Licht der untergehenden Sonne vor den Augen meines Highlanders auf dem Boden auszubreiten.

Nach all der Zeit und den Mühen, die ich auf mich genommen hatte, um endlich hierherzugelangen, würde ich mir diesen Augenblick nun nicht von ein paar körperlichen Widrigkeiten verderben lassen.

Der Ursprung meiner Glückssuche lag drei Jahre zurück. Nein, eigentlich begann alles schon sehr viel früher, als ich meinen ersten Schottland-Roman las. Er entflammte mich und weckte in meinem Innersten eine Mischung aus Schmerz und Sehnsucht. Ein ganz und gar unbegründetes Heimweh, nach einem Land, das ich nie betreten hatte. Ich tauchte zeitverloren ein in die Moorlandschaft, die Heide, die schaurigschönen Burgen und die Lochs, tiefe dunkle Seen, in denen sich der hohe Himmel spiegelte. Und begegnete in dieser Buchstabenwelt den Highlandern. Stattlichen, gutaussehenden Kriegern, die vorzugsweise als Lairds die Geschicke ihrer Clans lenkten.

Meiner verträumten Natur nachgebend, verliebte ich mich augenblicklich in jeden Einzelnen von ihnen.

Ich wurde eindeutig in der falschen Zeit geboren, davon war ich nun felsenfest überzeugt. Wenn es doch nur schon die Möglichkeit einer Zeitreise gäbe! Ach, ich würde meinen letzten Cent dafür hergeben.

So verschlang ich alles, was Schottland, seine Geschichte und seine wildromantischen männlichen Bewohner zum Thema hatte. Von meinem unstillbaren Lesehunger getrieben, stieß ich auf "Craigh na Dun", einen magischen Steinkreis, der Zeitreisen ermöglichte. Physikalische Bedenken schob ich rigoros beiseite. Ich glaubte an die Kraft der Erdstrahlung, die mich durch das Portal zurückbringen würde, weil ich daran glauben wollte!

Vor einigen tausend Jahren überzogen die Menschen der Megalithkultur Schottland mit Steinkreisen. Jeder in Verbindung mit der energetischen Strahlung der Erde. Wo sollte ich suchen? Wie diesen Craigh na Dun finden? Oder war es gar möglich, dass jeder dieser geweihten Orte die Strahlung der Erde so bündelte, dass die nötige Energie für einen Zeitsprung zur Verfügung stand?

Ich verschaffte mir Karten und recherchierte im Internet, der Craigh na Dun war nicht darunter. Die Bezeichnung war Gälisch und mochte in den modernen, englischen

Kartenversionen nicht verzeichnet sein. Mir blieb also nichts anderes übrig, als dies vor Ort zu überprüfen.

Strategisch organisierte ich meine Route durch das Land. In meiner Planung berücksichtigte ich dabei durchaus die Möglichkeit, dass sich einige der Steinkreise als Zeitreiseflopp herausstellen würden, bevor ich den richtigen fand. Ich wollte ganz sicher sein, dass ich nicht an ihm vorbeiging, wie auch immer er heißen mochte. Allein der Gedanke Craigh na Dun zu verfehlen, entfachte in mir ein quälendes Brennen, das mir den Atem nahm. Anhand meiner Nachforschungen legte ich endlich den astronomisch günstigsten Zeitraum für meine Unternehmung fest.

Bis zu meiner Abreise sparte ich Geld und Urlaubstage. Erntete widerspruchslos den Spott von Kollegen, die mir meine Passion für das kalte, verregnete Land im Norden, wo Männer Röcke tragen neideten, und brachte einen fahlen Arbeitstag nach dem anderen hinter mich. Von meinem Plan, eine Reise hinaus aus diesem Jahrhundert zu unternehmen, erzählte ich vorsorglich niemandem etwas. Während ich meine Vorbereitungen abschloss, sah ich schon die Tage vor mir leuchten, in denen ich die Chance ergreifen wollte, nie mehr zurückzukommen.

Jede meiner Zellen, war angefüllt mit schäumender Energie, war so leicht, dass meine Füße kaum den Boden berührten ...

... bis ich nach meiner Landung in Edinburgh ein kleines, geländegängiges Fahrzeug belud und mich dem Linksverkehr auslieferte. Glücklicherweise musste man nicht viele Kreisel im Uhrzeigersinn durchfahren, bis man am Stadtrand die Brücke über den Firth of Forth in Richtung Inverness überquerte. Die Hektik deutscher Straßen wich mit jeder Meile von mir und schon bald genoss ich die ungewohnte Fahrweise durch die, mit Heidekraut und Ginster bewachsene raue Berglandschaft. Siegesgewiss bezog ich gegen Abend in der heimlichen Hauptstadt der Highlands, Inverness, mein Quartier. Im aufgestauten Überschwang blieb mir der Schlaf fern, denn ich musste den Beginn meines neuen Lebens sehen, riechen und schmecken.

Dem Fluss Ness folgend, begann ich im Morgengrauen mit meiner Operation "Zeitreise". Ich legte meine Hände auf Menhire, umrundete Craigs, jene mit Gras bewachsenen Grabhügel, und stand im Licht von Sonne und Mond vor Megalithen. Nichts.

144

Nach Auskunft der Einheimischen führte einmal der linke Weg zum Steinkreis Craigh na Dun, dann wieder der rechte oder gar der hinauf zu den Inseln. Gleichgültig, wo und wann ich mich den uralten rituellen Plätzen näherte, durchfuhr mich kein Kribbeln, keine sonderbare Strahlung, kein seltsames Leuchten, und ich blieb niedergedrückt in meiner Zeit kleben. Einen Versuch gestand ich mir noch zu, wie ein Spieler, der sein allerletztes Spiel machen musste, und folgte der Straße nach Norden, in die wohl einsamste Gegend der Highlands.

Enervierend breitete sich das Pochen von meinem Hinterkopf aus und entfachte scheußliche Kopfschmerzen, bis in die Haarspitzen. Hoffentlich gab es in dieser Zeit Weidenrinde, sollten mein Aspirin die Reise nicht heil überstanden haben.

Der Highlander stützte mich und half mir aufzustehen. Seine Knie waren schmutzig und sein Kilt durchnässt. Er musste lange neben mir gekniet haben. Um uns warfen die Menhire lange Schatten über das frisch ausgehobene Rechteck im Boden. Erst jetzt bemerkte ich eine Gruppe von weiteren Männern und Frauen, die am Rand standen und mich anstarrten. Mein plötzliches Erscheinen aus dem Nichts würde einiger Erklärungen bedürfen. Mit Schrecken dachte ich daran, dass, sollte meine Ankunft durch Strahlen oder Blitze begleitet worden sein, mich diese Menschen dort für eine Hexe halten könnten. Was mir bevorstand, sollte ich mich vor dem achtzehnten Jahrhundert befinden, mochte ich mir nicht ausmalen. Verstohlen suchte ich in den Gesichtern nach Anzeichen von Mordlust.

"Ist sie verletzt?"

"Aye, ich denke, sie wird eine gewaltige Beule haben und eine Gehirnerschütterung. Ist Ihnen übel?" Mein Highlander behielt die englische Sprache mit seinem deutlichen Akzent bei und streckte seine Hand aus, um meinen Hinterkopf zu untersuchen.

"Au, nein nicht mehr."

"Sehr gut, dann bringen wir Sie erst einmal ins Lager. Ein Schluck Whisky auf den Schreck wird uns allen guttun." Langsam führte er mich durch die Umstehenden, die sich uns anschlossen. Gemeinsam erreichten wir schon nach wenigen Schritten eine Siedlung im Schatten einer Burgruine.

Einige der Blackhouses, der schmalen ebenerdigen Bauernhäuser, waren älter. Moos wuchs bereits auf den niedrigen Heidekrautdächern. Mein Highlander führte mich jedoch zu einem, das recht neu aussah. Frisch verputzte

Wände reflektierten den Schein einer Lampe, das Kraut war noch nicht zurechtgestutzt. Aromatischer Torfrauch stieg aus dem Loch im Dach auf. Ich sog ihn sehnsüchtig ein und musste husten. Mir gegenüber stand ein älterer Mann in Cargohosen mit einer Taschenlampe.

Zum zweiten Mal an diesem Tag schwanden mir die Sinne. Auf meiner Suche nach der richtigen Zeit, war ich mitten in eine Exkursion der Universität Glasgow gestolpert und hatte mir den Hinterkopf an einem der liegenden Steine angeschlagen.

Die Reise durch die Zeit war anders verlaufen, als ich gedacht hatte. Meinen Highlander fand ich trotzdem und Er füllte meine Realität mit seinem Sein und löste die Illusion der Vergangenheit auf.

Verrechnet

Ich bin ein Schreiber. Im Herzen ein Geschichtenweber. War ich einmal ein Chronist? Möglicherweise, von Zeit zu Zeit. Jedoch war das lange, bevor alles begann.

Heute trenne ich heimlich Vorsatzpapiere aus alten Büchern und versuche für jedes einzelne Wort am Leben zu bleiben. Der private Besitz von Büchern wurde verboten, ebenso Aufzeichnungen jeglicher Art, sofern der Schreiber nicht damit beauftragt wurde. Die Ereignisse wiederzugeben, die zu den seit vier Jahren herrschenden Lebensumständen führten, ist gegen die Anordnungen. Mein Vorgehen ist somit mehr als gefährlich.

Sollte ich im Besitz eines Buches oder bei unautorisiertem Niederschreiben erwischt werden, drohen mir mindestens fünf Jahre Lager. Fünf Jahre Zwangsarbeit auf den Feldern. Falls ich das überlebe, werde ich danach nie mehr ein Schriftstück verfassen können. Oder wollen.

In grenzenloser Selbstüberschätzung hatten die Wissenschaftler gewagt, den Schöpfer herauszufordern und ihm den Fehdehandschuh hinzuwerfen. "Was du geschaffen hast, ist uns kein Geheimnis mehr. Wir wissen alles und wir können es sogar besser als du. Wir brauchen dich nicht mehr."

Sie sahen es kommen und konnten keine Hilfe anbieten, keine Lösung und keine Rettung. Damals, nachdem das namenlose Grauen, welches allgemein nur noch als "Die große Strafe" bezeichnet wird, nahezu jedes dritte Lebewesen auf diesem Planeten auslöschte. So verschlossen sie, die sich jahrhundertelang selbst weit über die Schöpfung erhoben hatten, ihre Augen und Münder. Später auch ihre Herzen.

Sie erhielten, beinah über Nacht, das Stigma der Ketzerei. Gezeichnet von den Auserwählten mit Asche und Rauch. Es gab seinerzeit auch einige warnende Stimmen, selbst aus der Wissenschaft. Doch sie wurden alle zum Schweigen gebracht. Auf die eine oder andere Weise.

Alles begann mit kleinen Veränderungen. Hier ein Erdbeben, dort eine Flutwelle. Nichts wirklich Spektakuläres. Die Daten der seismischen Aktivitäten wurden aufgezeichnet und gespeichert. Wie die Menschheit überhaupt alles sammelte und konservierte, um es vor dem Vergessen zu bewahren.

Nach und nach häuften sich die Vorkommnisse, nahmen an Intensität zu. Der Meeresspiegel stieg an. Höher als in jeder

Berechnung. Aber nicht die schmelzenden Gletscher als Folge von Erderwärmung und Klimawandel waren die Ursache.

In der Tiefsee regte sich etwas. In alten Legenden war von einem Drachen die Rede, auf dessen schuppigem Rücken die Welt ruht. Jetzt streckte er sich in seinem zu eng gewordenen Bett.

Der Mittelatlantische Rücken, ein Grabenbruch tief unter der Oberfläche des Atlantiks, dehnte sich aus. Lava quoll empor und neue Inseln erhoben sich. Feuerinseln. Angeführt von Islands Vulkanen Lakagigar, Snaefellsjökull und von der heimtückischen Katla, reihte sich eine ruhelose Insel an die nächste.

Der Druck auf die Landmassen von Amerika, Europa und Afrika stieg stetig an. Die Aufwölbungen an den Rändern der tektonischen Platten schwankten im metrischen Bereich. Die dadurch hervorgerufen Erdbeben breiteten sich in einer Wellenbewegung über den Globus aus. Das Ausmaß der Zerstörungen war kaum zu erfassen und schon gar nicht zu bewältigen. Hunderttausende starben direkt oder an den Folgen. Von überall streckten sich den führenden Wirtschaftsnationen hilfesuchende Hände entgegen. Wir sahen sie in den Trümmern versinken.

Die Vulkane des pazifischen Feuerrings ergaben sich dem steigenden Druck im Erdinnern und wurden aktiv. Selbst die Schläfer erwachten. Tafahi auf Tonga, Inierie auf Flores, einer der kleinen Sundainseln, Daisetsu-zan auf Hokkaido, der Bakening in der Kamtschatka-Region. Geschmolzenes Gestein floss aus allen Öffnungen wie Saft aus einer überreifen Orange, die mit der Hand zerquetscht wird. Einer nach dem anderen stießen die Vulkane heiße Asche, giftige Gase und Lava aus. Tagelang, wochenlang, und schließlich wurde es mehr als ein Jahr. Vielleicht dauert es noch immer an?

Sizilien versank unter dem Bimsstein spuckenden Ätna. Neapel erging es wie Pompeji im Jahre 79 n. Chr. In einem pyroklastischen Strom versteinerte die Metropole am Golf. Unsere Welt verging in einem nicht enden wollenden Strom aus Feuer und Asche. Als Resultat verdunkelte sich der Himmel. Schwefeldioxid und Fluorid stiegen weit hinauf in die Stratosphäre und umgaben den Planeten mit einem giftigen Schild. Das Sonnenlicht wurde reflektiert und die Temperaturen fielen immer weiter. Die Sonnenauf- und -untergänge prunkten in Purpur und Gold. Nie war der aufkommende Tod schöner gekleidet. Die Tage wurden nicht mehr hell. Diejenigen, denen die Apokalypse der

Schrift vertraut war, sprachen von den Fanfaren der sieben Reiter, Feuer und Blut. Und übernahmen die Herrschaft.

Es waren die gewaltigen Eruptionsgewitter, die einen elektromagnetischen Supergau verursachten, und nur wenig später lagen Europa, Teile Nordamerikas und Vorderasien in totaler Finsternis. Die Überseekabel waren schon längst zerborsten, die Satelliten, welche die Erde umkreisen, nunmehr blinkender Weltraumschrott. Die gesamte nördliche Hemisphäre stürzte zurück in eine Zeit, als die einzige allgemeingültige Sprache die Gewalt war und das Recht auf der Seite desjenigen, der sie ausübte.
Wohin dies die südliche Hemisphäre beförderte, vermag ich mir kaum vorzustellen. Die Menschheit wurde entglobalisiert, entmobilisiert und entelektrifiziert.

Ein stinkendes Leichentuch legte sich auf unsere Welt. Und darunter setzte sich das große Sterben fort.
Auf den Straßen erstickten Menschen und Tiere. Die todbringende Schwefelsäure im allgegenwärtigen Nebel verätzte die Lungen. Aus dem Sommer wurde ein bleibender Winter. In Asche gebundenes Fluorid schneite herab und verdarb die Böden, Wiesen und Wälder. Das Vieh verendete, die Menschen fielen übereinander her. Was

den giftigen Aerosolen nicht gelang, erreichten Hunger, Kälte, Dunkelheit und Anarchie. Die Erde hatte sich der zivilisierten Menschheit entledigt.

Die Opfer waren bald schon nicht mehr zu zählen. Wozu sollte es uns auch nützen? Aus unserer blühenden Landschaft war eine Ödnis, ein Hades geworden. Mit all seinen üblen Auswüchsen und Chimären.

Experten hatten alles berechnet. Die Daten geprüft und miteinander verglichen. Klimamodelle erstellt und jeden erdenklichen Anstieg der Temperaturen in seinen letzten Konsequenzen für die Erdbevölkerung ausgelotet. Gletscher und Polkappenschmelze, Anstieg des Meeresspiegels, Unwetteraufkommen und Veränderungen in der Tier- und Pflanzenwelt. Nirgendwo war ein Fehler zu finden. Nicht in unserer Generation und nicht in den vorangegangenen. Alles war richtig ... und dennoch war alles falsch.

Ihr, die ihr uns erhöhtet, führtet uns an den Abgrund ... und ließet uns immer noch im dem Glauben, wir könnten fliegen.

Und die Zurückgebliebenen ...? Nun ja, denkbar wäre, dass einige es so handhaben wie ich. Selbst in der Gewissheit der ihnen drohenden Gefahr. Gleichgültig an welchem Ort. Ich weiß es nicht, denn Nachrichten erreichen uns erst nach Tagen oder Wochen. Natürlich gereinigt. Wie viele davon verloren gehen oder aussortiert werden, entzieht sich meinem Vorstellungsvermögen. Eines haben wir jedoch alle gemeinsam: Wir wurden verstummt. Hüten im Geheimen die Erinnerungen an das Paradies, das wir verloren. Und ringen um unser Überleben an jedem neuen Tag.

Im Schatten der Weißen Wächter

Die Wachfeuer entlang der Palisaden flammten auf. Nala sah, wie der Feuerschein das Wasser unter den Pfahlhäusern, den Verbindungsstegen und dem Gemeinschaftsplatz in flüssigen Sonnenstein verwandelte.

Am fernen, südlichen Seeufer glommen die Weißen Wächter, die gebieterischen Berge, entzündet von der versinkenden Sonne. Zur gleichen Zeit stieg der volle Mond am Himmel empor. Rotgoldene Erwartung durchdrang die Luft. Und in den Wassern des großen Sees spiegelten sich bereits die Schleier der herannahenden Nacht.

Die Zeremonie der Initiation begann mit dem Schlagen der Trommeln und Klangsteine. Dumpf, wie ihr eigener Herzschlag. Mit zitternder Hand ordnete Nala ihr offenes, nussbraunes Haar. Strich über ihr schlichtes, helles Gewand. Die Mutter hatte den Stoff gewebt und in der Sonne gebleicht. Kein Schmuck, keine Stickerei, und mit bloßen Füßen stand Nala zwischen ihren Altersgefährten und bebte wie sie am ganzen Leib.

Mitten zwischen den Pfahlhäusern waren zwei Hütten errichtet worden. Deren Strohdächer sich auf dem festgetretenen Boden abstützten. Es gab weder Fenster noch

Luken und die Türen reichten Nala kaum bis zum Knie. "Geburt und Tod bereiten Schmerzen, wie jede Veränderung. Ihr werdet ein wenig davon erfahren, wenn ihr euch die Hände und Knie aufschürft." Das waren die Worte der weisen Urla gewesen. Jetzt stand die Alte ganz ruhig hinter dem zentralen Feuer und erwartete die von ihr Ausgewählten.

Gestalten mit schrecklichen, maskenhaften Gesichtern umkreisten bedrohlich die kleine Gruppe. Wie in einem Fiebertraum sah Nala nur Schemen vorbeihuschen, erkannte in ihnen keine Menschen. Spürte die Hitze des Feuers, das für den Wandel stand. Den stark aromatisierten Rauch, der die Göttin herbeirief, Nala schwindeln ließ und von dem sie husten musste.

Urla reckte die Arme zum vollen Mond empor, die Trommeln verstummten und alle Erwachsenen zogen sich weit zurück, bis an den äußersten Rand der Befestigung. Der Weg zu den Hütten war frei.

Nala ging zögernd auf Die Linke zu. Die Tür war winzig. Was sich im Innern ereignen würde, war ein Geheimnis. Verlassen würde sie sie erst im Morgengrauen durch eine andere Tür. Der Weg zurück blieb für immer versperrt.

Urs trat auf die rechte Hütte zu. Im Schein des Feuers sah sie sein erstarrtes Gesicht. Instinktiv spürte Nala, dass auch er sich der Endgültigkeit dieses Schrittes bewusst war, mit einer Mischung aus Trotz und Ungeduld sogar herbeisehnte. Als er sich bückte, um durch die Tür zu kriechen, kreuzten sich für einen Lidschlag ihre Blicke. Seine dunkel schimmernden Augen offenbarten ihr den Herzensgefährten.

Die Widerspenstige in ihr lachte auf. Morgen würde sie ihr gemeinsames Versprechen einlösen, damit begann ein neues Leben und sie stellte sich mutig dieser Nacht.

Nala verließ das Dorf. Ihr blieb nur noch wenig Zeit, bis das Wehrtor geschlossen wurde. Sie eilte an den tanzenden Einbaumbooten vorüber den schmalen Steg entlang zum Ufer. Noch war der Weg trocken, aber bald schon würde das Wasser steigen. Von den schneebedeckten Gipfeln strich bereits ein warmer Wind, wie lebendiger Atem kam er über das weite Wasser. Verfing sich in Nalas erstmalig geflochtenem Haar. Zauste an diesem Schmuck der nun jungen Frau und trieb schäumende Wellen gegen das Land, bis sie sich im dichten Schilfsaum verfingen. Schon sah Nala das Wasser steigen und alles überspülen, wie immer nach der großen Kälte, wenn die Berge ihre weißen Umhänge kürzten. Trotz der Wärme fröstelte Nala. Die Wächter waren über Nacht nah herangerückt. Ein sicheres

Zeichen für die um sich greifende Veränderung. Sie regte sich in der Luft, im quirligen Wasser und raschelte im Schilf. Und ergriff von Nalas Körper Besitz.

Am flachen Ufer entdeckte sie endlich Urs. Regungslos, den Blick auf die unruhige Oberfläche gerichtet, hielt er seinen Speer locker in der Hand. Nala zog ihren Umhang aus Kaninchenfell eng um die schmalen Schultern und ging weiter. Ein trockener Zweig brach unter ihrem Fuß. Erschreckt erhoben sich die Vögel aus den ufernahen Bäumen. Laut kreischend verließen sie ihre Ruheplätze und flogen in der aufsteigenden Dämmerung davon.

Unwillig schnaubte Urs und ohne sich umzuwenden herrschte er sie grob an.

"Was willst du hier?" Er bückte sich und zog einen Korb aus dem Flachwasser.

"Ich wollte mit dir reden." Ihre Stimme war ungewohnt klein.

"Wozu? Es ist alles gesagt."

"Ja", seufzte sie, "aber gestern war alles gut und nun soll alles ganz anders sein. Du hast seitdem kein Wort gesagt. Bist mir den ganzen Tag aus dem Weg gegangen."

Jetzt wandte er sich doch um. Sein dunkler Blick schubste sie zurück. So weit wie möglich von sich fort. Das schwindende Licht schimmerte auf seiner Haut, die selbst der längste Winter nicht zu bleichen vermochte.

"Wenn sie uns hier zusammen sehen ... Bist du ganz und gar von Sinnen?" Unwirsch ergriff er seine Lederbeinlinge und warf sich Tunika und Weste über. Ohne sie eines weiteren Blickes zu würdigen, drängte er an ihr vorbei.

"Warte!" Ganz selbstverständlich legte sich ihre Hand auf seinen Arm und hielt ihn zurück. Seine Muskeln spannten sich unter seiner Haut, als hätte sie ihn mit der Berührung verbrannt. Trotzdem riss er den Arm nicht fort.

"Nimm deine Hand da weg." Sein Ton passte sich seiner kalten Haut an.

"Urs, was ist nur geschehen?" Ein Kloß, wie ein Stein unter ihrem Herzen, machte ihr das Atmen schwer. Sie suchte in seinem Gesicht nach dem Widerschein ihres gegenseitigen Vertrauens. Wo hinter dieser Maske aus Ablehnung verbarg sich der Weggefährte ihrer Kindheit?

Gemeinsam hatten sie die Ziegen gehütet. Pfeilschäfte aus den Sprösslingen des Schneeballs geschnitten. Waren auf die Uferbäume gestiegen. Von ihm hatte sie gelernt mit dem Speer zu fischen und Reusen zu bauen. Im Schilf hatten sie den Enten aufgelauert, diese aus hohlem Schilfrohr mit Lehmkügelchen beschossen und anschließend Prügel bezogen, weil sie den Männern den Jagderfolg verdorben hatten.

Urs machte einen plötzlichen Schritt auf Nala zu, als wollte er ein Tier verscheuchen.

"Sag mal, hast du gestern bei der Versammlung nicht zugehört? Wir sind nun keine Kinder mehr. Ich trage jetzt die Verantwortung für meine Familie. Und ich werde meinen Schwur einlösen. Du bist ... nun eine Frau. Also geh weg!", presste er hervor.

Nala senkte betroffen den Kopf. Natürlich hatte sie zugehört. Aber sie wollte sich nicht damit abfinden, mit irgendeinem Fremden eine Familie gründen zu müssen. Warum setzte Urs sich nicht für sie ein? Sie würde ihm doch ebenso beistehen. Sie würde ihn nicht zwingen, seinen Schwur zu brechen.

"Warum hast du mich nicht für dich gefordert?", brachte sie endlich leise hervor. In seinem Gesicht spiegelte sich Verwunderung über ihr Ansinnen. "Nun, also ..." Er kratzte sich am Kopf.

"Noch ist es nicht zu spät, ..." Weiter kam Nala jedoch nicht. Dumpf unterbrach sie der Klang des Holzgongs vom Turm. Alle Bewohner wurden zum Schutz gegen die Gefahren der Nacht hinter die Palisaden zurückgerufen.

Das Tor würde sich erst wieder öffnen, wenn die Sonne ihren Weg durch die Unterwelt beendet hatte und erneut hinaufstieg über die Weißen Wächter. Nala musterte Urs unruhig, ihnen blieb kaum noch Zeit.

Urs ließ den Korb sinken und seine Schultern folgten traurig. "Ich kann dich nicht für mich fordern. Das wäre Unrecht."

"Warum denn? Wir haben es uns geschworen. Und nun stößt du mich von dir?" Trotz färbte ihre Stimme heller.

"Versteh doch, ich habe mein Blut geopfert. Ich habe es gegeben, damit meine Suche gelingt. Ich habe dir immer gesagt, sollte mein Vater bis zur Versammlung nach der Zeremonie nicht zurück sein, warte ich nicht länger. Ich werde seinen Spuren folgen. Mit den Händlern am See und Fluss entlangziehen. Wenn es sein muss, sogar bis hinauf zu den Weißen Wächtern. Du weißt, wie gefährlich das ist. Angenommen, mir stößt dort im Eis etwas zu, nimmt dich dann deine Familie wieder zurück? Wird dein Vater dann für dich und unsere Kinder aufkommen? Meine Mutter kann nicht für dich sorgen." Urs sprach so eindringlich, dass Nala schließlich seinem Blick nicht mehr standhalten konnte.

Aufgebracht ballte sie die Fäuste: als ob sie nicht auch zur Versorgung der Familie beitragen könnte! Ihre Nägel gruben sich tief in die Handflächen. Sie sah zu den mächtigen weißen Bergen am gegenüberliegenden Ufer auf und zum ersten Mal verabscheute sie sie mit jeder Faser ihres Körpers.

"Du hast es mir versprochen", presste sie ungestüm hervor. Wut und Verzweiflung mischten sich, bis alle Dämme in ihr brachen. In ihrem Innersten fürchtete sie, dass er nicht zurückkehren würde. Das war mehr, als Nala ertrug. Sie stieß Urs beiseite und rannte auf das Dorf zu. Sein erschrockener Ruf ging in der roten Flut in ihrem Kopf unter. Wenn er sie nicht wollte, dann wollte sie ihn nicht mehr sehen. Nie wieder.

Vereinzelt funkelnde Sterne begannen den Nachthimmel zu schmücken, als sie sich, verborgen hinter dem Ziegengatter, Urs wieder zurückwünschte.

Erst nachdem die Sonne das Einkorn reifen ließ, sah Nala Urs wieder. Mager und mit einem hässlichen Prankenhieb am Oberarm kehrte er zurück. Und er kam allein.

Seine Mutter schloss ihn wortlos vor allen anderen in die Arme. Nala sah zu, wie sie stumm ihre kaum versiegen wollenden Tränen den beiden Männern schenkte: dem Vermissten ebenso wie dem Heimgekehrten.

Und Urs? Nala dachte an den Knaben, der er noch gewesen war, als er das Pfahldorf verließ. Seine Suche musste ihn weit hinauf in die Schneefelder und über die eisigen Pässe geführt haben.

"Niemand geht in das Reich der Weißen Wächter und kommt als derselbe wieder zurück", waren die Worte ihres Vaters gewesen. Sie erinnerte sich bangend daran, während sie abseits der Begrüßungsszene stand und sich nicht traute sich dazuzugesellen. Die Berge hatten Urs verwandelt, er war dort oben zu einem Mann gereift. Nala erkannte es. Seinen Vater hatten sie nicht mehr freigegeben.

Kristallmond

Maizie schob die schweren Türen auseinander. Die Kaverne war angefüllt mit Dunkelheit. Kein Laut störte die vollkommene Stille. Sie ergriff ihre Laterne und trat über die Schwelle. Eine Hand auf der holzvertäfelten Wand, tastete sie sich vorwärts. Sie spürte die geschnitzten Runen unter ihren langen, empfindsamen Fingern. Sorgsam entzündete sie eine Öllampe nach der anderen, bis sie die Finsternis in die entferntesten Winkel zurückgetrieben hatte. Zufrieden wandte sie sich um. Nun war alles bereit für das große Thing. Gegenüber der hohen Eingangstür schimmerte klar der Kristall in seiner Fassung aus poliertem Onyx.

Sie liebte sein Glitzern seit ihrem ersten Tag in den Höhlen des Menai. Den großen Höhlen des Lernens, des Wissens. Der flackernde Schein der Öllampen erweckte huschendes Leben in ihm. In jeder Facette ein anderes Bild. Magisch anzogen von ihrer Lebendigkeit, lähmte seine pulsierende Energie Maizie. Ein schlagendes Herz. Der Widerschein des mächtigen Artefakts spiegelte sich in ihren großen roten Augen. Die Welt umher löste sich auf.

Ein Räuspern schreckte Maizie aus ihrer Trance. Sie fuhr herum und sah sich Ogham gegenüber. Augenblicklich warf sie sich ihm, dem Ehrwürdigen, zu Füßen. Sie wagte kaum zu atmen, ganz zu schweigen davon, den Kopf zu heben. Neben den obersten Runenmeister trat der Nestor des Menai, Orthgar. Mit Zyklen beinah ebenso reich beschenkt wie Ogham, fehlte es Orthgar jedoch an dessen Emphase, die alles um ihn erhellte. Kalt musterte der Nestor die junge Koboldin aus kieselharten Augen. Schon setzte er zu einer Rüge an, mit seiner Stimme, die nie laut wurde und doch so viel schärfer schnitt als jedes Messer. Maizie erfasste eine würgende Übelkeit.

Ogham legte haltsuchend seine verknöcherte Hand auf Orthgars Arm und erstickte dessen Absicht im Keim. Dann hob er seinen weißen Stab und deutete auf Maizie.

„Erhebe dich, Kind!", forderte er sie auf. Maizies Herz stolperte heftig. Bebend kam sie seiner Aufforderung nach.

„Du solltest schon längst deine Festgewänder angelegt haben, nicht wahr?" Er konnte nicht erkannt haben, dass sie nur ein Mädchen war. Verlegen sprach sie nun zu ihren nackten Füßen, die unter dem groben Stoff ihres Kleides hervorschauten.

„Mit Verlaub, Ehrwürdiger, ich bin kein Grünling, ich bin eine Magd." Unbedacht war ihr die Spottbezeichnung für die Vate entschlüpft, wie sie unter der Dienerschaft häufig gebraucht wurde für die Schüler des Menai. Orthgar sog scharf die Luft ein. Maizie hob den Kopf und sah wie Ogham lächelte.

„So so? Eine Magd? Dann will eine Magd also nicht am großen Thing und an der Suche nach einem neuen Kristallmeister teilnehmen? Ein derartiges Ereignis sollte sich auch eine Magd nicht entgehen lassen. So etwas geschieht nicht in jedem Zyklus. Also geschwind, kleide dich um. Heute sollen alle Kobolde anwesend sein" Um seine milchigen Augen unter den dichten weißen Brauen gruben sich unzählige Falten. Machte er sich über sie lustig? Rasch senkte sie ihre Augen. Fort von dem tiefgründigen Blick, der bis in ihr geheimstes Inneres vorzudringen schien.

„Eine Magd?" Richtete er die Frage an sich selbst und wackelte zur Antwort mit den nackten Ohren? Mit einem Schwung setzte der Runenmeister seinen Stab wieder zu Boden und seinen Weg fort. Hinter seinem Rücken fixierte Orthgar Maizie und zischte: "Das wird ein Nachspiel haben. Scher dich hinaus und befolge die Anweisungen, die der Meister dir gab. Und nach der Zeremonie findest du dich in meinem Gemach ein." Mit dieser bedeutungsschwere Anordnung eilte er dem Meister nach. Maizie rannte durch das Labyrinth aus langen Höhlengängen und hielt erst an, als sie keine Luft mehr bekam. Eine Hand in die stechende Seite gepresst, sich mit der anderen an der Wand abstützend, versuchte sie ihren Atem zu beruhigen. Ihre Wangen brannten. Sie fühlte sich bloßgestellt. Ertappt. Und sie fürchtete sich vor dem Nestor. Seine Liste ihrer Verfehlungen war lang. Dabei hatte sie versprochen sich zu bessern.

Muma, der Hausmutter, Junas, dem Oberdiener, Fern, dem Küchenmeister und auch dem ehemaligen Kristallmeister Thales. Ihm vor allen anderen. War er es doch gewesen, der sie vor mehr als fünf Zyklen von ihren Eltern fort und hierher gebracht hatte.

Maizie seufzte. Wenn sie ehrlich war, so hatte sie dieses Versprechen wirklich Vielen gegeben. Zu Vielen.

Die Umgebung verschwamm unter ihren Tränen. Sie musste fort. Aber wohin sollte sie gehen? Sie würde hungernd und frierend durch die Oberwelt streifen. In dem Menai wollte, nein, konnte sie nicht länger bleiben. Immerhin bestand durchaus die Möglichkeit, dass der Kristall Orthgar zu seinem nächsten Meister erwählte. Die Folgen wagte sie sich nicht auszumalen.

Eilige Schritte und aufgeregte Stimmen schreckten Maizie aus ihren düsteren Gedanken. Hastig sah sie sich in dem holzgetäfelten Gang nach einem geeigneten Versteck um.

Unbewusst hatte sie ihre Flucht aus der Kristallkammer in den Bereich geführt, in dem die Bibliothek und die Studierzimmer des Menai untergebracht waren. Rasch schob sie die nächstgelegene Tür auf und wieder zu. Unwillkürlich entwich ihr ein Schmerzlaut. Ihre Schwanzspitze klemmte in der Führungsschiene und pulsierte schmerzhaft. Mazie hielt den Atem an, während sie sich lauschend gegen die Tür lehnte.

Die beiden Grünlinge auf dem Gang stockten verwundert. Ausgerechnet Lunat und Bergo, die grässlichsten der Vate. Sie trugen ihre breiten Nasen so hoch, dass sie ihre großen Füße nicht mehr sehen konnten. Maizie verzog angewidert den Mund. Wie sie die Dienstboten herumscheuchten, als wären sie die Meister! Dabei wusste Maizie genau, dass ihre Väter ihnen die Plätze des Menai gekauft hatten. Jeder in den unteren Quartieren wusste davon. Und auch von wem. Die überlieferten Aufgaben während des Initiationsrituals hätten die beiden Dummbeutel nie und nimmer aus eigener Kraft gelöst. Tag für Tag bestand nun ihr liebster Zeitvertreib darin, vermeintlich Schwächere zu drangsalieren. Maizie verwandte ihre ganze Geschicklichkeit darauf, ihnen aus dem Weg zu gehen, denn eine Magd durfte den hohen Vate, den auserwählten Schülern des Menai, nicht unter die Augen treten.

Leise wich sie von der Tür zurück. Durchquerte den nach Papier und altem Holz riechenden Saal und schlüpfte durch eine der verborgenen Wandtüren. Maizie huschte durch einen der unzähligen Gänge, die die Höhle durchzogen wie das Netz einer Spinne, in ihre Kammer unweit der Küche. Rasch streifte sie ihr Arbeitskleid ab und legte dafür das wenig benutzte Festgewand an. Ihre Knöchel schauten hervor, denn seit sie in der Menai Magd geworden war, hatte sie es nicht mehr getragen.

Auf ein ausgebreitetes Schultertuch legte sie die wenigen Habseligkeiten, die sie ihr Eigen nennen durfte, und knotete die Ecken zusammen. So blieb nichts zurück, das sie vermissen würde. Sie schloss nicht einmal die Tür, als sie sich auf den Weg zurück zur Kaverne machte.

Stimmengewirr schlug Maizie entgegen. Die ausladenden Abmessungen des Raumes wurden ausgefüllt von der anwesenden Koboldgemeinschaft. Aus allen Teilen des Landes hatten sie sich zum großen Thing eingefunden. Maizie sah Baumwohner, Waldwohner, Grasländer und Bergwohner. Und noch einige mehr, deren Zugehörigkeit ihr unbekannt war, aber deren Habit sie eindeutig als Angehörige der Koboldgemeinschaft auswies. In dieser

Vielfalt würde sie ungesehen die Höhle für immer verlassen können.

Mit Erscheinen des obersten Runenmeisters verstummte das aufgeregte Gemurmel. Nun stimmte er eine lange Litanei an, in welche alsbald auch die Meister auf der Galerie, die Vate und alle Kobolde einstimmten. Maizie lehnte sich gegen die Wand und betrachtete den Kristall. Im Dach der Kaverne öffnete sich ein Durchlass. Silbriges Mondlicht traf auf das Artefakt. Auf all seinen Facetten fand sich ein Spiegelbild des vollen Mondes. Rein und schimmernd. Die Welt um Maizie versank.

Kälte kroch der jungen Koboldin den Rücken hinauf. Sie fröstelte. Die Kaverne lag still in Mondlicht getaucht.

Wo waren die Anderen? Dumpf drang der Rhythmus der Trommeln an ihre Ohren. Das Fest hatte bereits begonnen! Es gab also einen neuen Kristallmeister und sie hatte seine Wahl verpasst. War sie eingeschlafen? Nein, das konnte nicht sein. Ihr Blick fiel wieder auf das Artefakt. Der Mond war weitergewandert, hatte aber den Rand der Öffnung noch nicht erreicht. Maizies Herz begann wie wild zu schlagen. Sie erhob sich und schritt langsam auf den Kristall zu. Nur einmal: nur einmal wollte sie ihm ganz nah sein. Wenn sie den Menai verließ, würde sie nie mehr zurückkehren. Davon war sie überzeugt. So trat Maizie in den Kreis aus Runen, der den Kristall umgab. Ihr rotes Haar flammte im Mondlicht.

Wie schön es sich in den Facetten spiegelte. Verzaubert streckte sie ihre Hand aus…

Ein zorniger Schrei hallte durch die Kaverne. Bevor der Nestor Maizie jedoch erreichte und zurückreißen konnte, erfüllte weißblaues Licht den Raum.

Geblendet hob Maizie die Hände vor die Augen. Sie fiel. Das Licht hüllte sie ein und der Mond kam auf sie zu. Abwehrend streckte sie die Arme aus, trudelte und stürzte durch den Mond.

Dunkelheit.

Atemlos drehte Maizie sich um sich selbst. So hatte sie sich ihren Fortgang aus dem Menai keinesfalls vorgestellt. Von der Kaverne und dem Kristall fehlte jede Spur. Sie befand sich in einem ihr völlig unbekannten Wald. Wenige Schritte von einer Hütte entfernt. Der schwache Schein des Mondes erfasste Füße und den Saum einer tiefblauen Robe.

„Das wurde aber auch Zeit. Ich warte hier schon lange."

Maizie erschauerte. Das war nicht möglich! Und dennoch erkannte sie die Stimme des alten, totgeglaubten Kristallmeisters Thales wieder.

176

IV Teil

David und Nora

Utopia

Menschen standen in Blöcken zusammen. Ein aneinandergedrängtes und unüberblickbares Labyrinth. Laut redeten sie aufeinander ein. Und doch kam nicht ein Ton aus ihren weit aufgerissenen Mündern. Ihre Leiber versperrten David die Sicht. Wie sie um ihn undurchdringlich wurden, ihn immer lauter umringten. Er fand keinen Orientierungspunkt, keinen Halt, sah den Ausgang nicht. Trotzdem wusste er, dass er in seinem Haus war. Seine Gedanken suchten nach einer Erklärung. Was taten all diese Fremden hier? Wo war Nora? Wo die Kinder?

David löste sich schwerfällig, zwängte sich an den zähen Leibern vorbei. Quetschte und stieß und reckte den Kopf. Er suchte, aber er fand keine Erlösung. Alle Wege führten ins Nichts. Drehte er sich um, so kam er aus dem Nichts. Jegliche Farbe war verschwunden. Schwarz und Weiß. Unfarben in einer Unwelt. Er stürzte durch bodenlose

Verzweiflung. Sein Herz schlug hektischer, stolperte und setzte aus.

Das Haus schlief. David lag mit offenen Augen da. Lauschte, wie die Dunkelheit atmete. Er hörte, wie die Wände sich aufblähten und wieder zusammenzogen. Ein und aus. Ein und aus. Über ihm knackte die Decke und sank tiefer. Wie sie stöhnte, sich streckte und sich noch ein Stück näherte! Die Luft um ihn wurde dichter. Es gab kaum noch Platz, in den sie sich hätte ausdehnen können. Das Atmen wurde ihm schwer unter dem drängenden Schwarz, das alle Farben in ihr Gegenteil verkehrte. Ganz in seiner Nähe spürte er, wie die Angst wuchs.

Bald würde sie die Augen aufreißen und ihn anstarren aus der Dunkelheit. Die milchweißen, toten Augen, die kein Mitleid, keine Gnade kannten. Er hörte, wie sie ihre Krallen schärfte, bereit zuzuschlagen, zu zerfetzen. Und aus jeder Pore seines Körpers drängte ein feiner feuchter Tropfen. Seine Haut presste die Kinder der Angst heraus. Sie durchdrangen seinen Pyjama und durchnässten seine Haare. Der Atem der Angst roch sauer.

David schälte sich aus der Decke, die ihn fest umschlungen in seinem Bett halten wollte. Er musste diesen Geruch loswerden. Tastend schlich er ins Badezimmer. Der Vollmond beschien die Waschbecken und Armaturen. David drückte den Hebel nach oben und ließ sich das Wasser durch die Finger rinnen. Nach wenigen Augenblicken war es eisig. Er sog scharf den Atem ein, als es sein Gesicht traf. Der Guss zerschnitt seinen Blick in den Spiegel, zersplittert seine Welt in Schwarz und Weiß, scharfkantig und gewaltsam. David presste die Lider zu. Das schwarze Licht des Mondes drang immer noch hindurch. Brannte, wie seine Augen. Seit seiner Kindheit war ihm das nicht mehr passiert. Mit vollen Händen schöpfte er sich das Kristallwasser ins Gesicht. Jede Schwäche wollte er zerschneiden und fortwaschen. Wieder und immer wieder, bis sein Oberteil durchnässt war und das Wasser an seiner Brust herunterlief, seine Hose durchdrang und auf die Fliesen schwappte.

Bestürzt schnappte er nach Luft. Erst jetzt, da sich seine Lungen wieder füllten, bemerkte er, dass er den Atem angehalten hatte. Jede Faser seines Körpers brannte, stand lodernd in Flammen.

Flammen aus Eis.

David begann haltlos zu zittern, rutschte an der Duschwand zu Boden, umklammerte seine angezogenen Knie und presste sich die Hände auf die Ohren. Das schrille Kreischen hatte begonnen und nahm nicht ab.

Atmen, du musst atmen. Ein, aus. Ein, aus. Ein, … aus.

Der Himmel verfärbte sich. Aus Schwarz wurde Grau. Ein lichtes Grau, das langsam zu David vordrang. Die Nacht war vorüber.

Mühsam erhob er sich. Die Handgriffe seiner Morgenhygiene erfolgten mechanisch. Er sah nicht den Mann im Spiegel, den er rasierte. Er hörte nicht, wie die Welt um ihn erwachte.

Sein Kaffee war heiß und schmeckte nach Chlor. Er schob ihn von sich. Nora strich ihm über den Rücken. Sie erzählte und richtete die Schulbrote seiner Kinder. David sah, wie sich ihr Mund öffnete und schloss, aber ihre Worte ergaben keinen Sinn in seinem Kopf. Der Bissen in seinem Mund verwandelte sich in einen pappigen Brei. Gewaltsam zwang er ihn hinunter und holte tief Luft, damit er sich nicht übergab. Mitten auf den Frühstückstisch.

An der Haustür nahm Nora sein Gesicht in ihre Hände. Ernst betrachtete sie ihn. Ob sie die vergangene Nacht darin finden konnte?

David wandte sich zu ihrer Handfläche und küsste sie. Das lenkte sie ab. Er hob seinen Blick und als er ihren Augen begegnete, wünschte er sich, sie könnte sehen, wie sehr er sie liebte. Aber die Worte brachte er nicht über die Lippen. Er zwang seinen Mund zu einem Lächeln. Nora reichte ihm die Zeichenrolle und seinen Aktenkoffer.

„Ruf mich an, wenn du angekommen bist."

David nahm seinen Rucksack und nickte.

„Ja, sobald ich gelandet bin."

Vor der Tür wartete bereits das Taxi.

Sie winkte ihm nach. Verwischt in dieser Welt aus Nichtfarben. Er hob die Hand.

Als er sie wieder sinken ließ, fragte er sich, wem sie gehörte. Sie wirkte so fremd, falsch an seinem Handgelenk. Er hob seine andere Hand und musterte sie ebenfalls.

Waren dies seine Hände?

Das Taxi hielt vor dem Bahnhof.

Herzstolpern

David stand still am Anfang der Straße. Langsam rutschte ihm der Rucksack von der Schulter. Am abgenutzten Riemen glitt er über Davids Arm hinunter, bis er ihn in der Hand spürte und zufasste. Das Eigengewicht zog den Sack zu Boden. Mit einem satten Plumpsen traf er auf und schlug David gegen die Wade.

Als er gegangen war, stachen die Bäume rechts und links von ihm nackt in den Himmel. Jetzt standen sie in leuchtendem Grün. Dazwischen lagen all die Geburtstage, Ostern, Weihnachten und der Hochzeitstag. Er hatte Nora nicht einmal gefragt, ob sie mit ihm kommen würde. Der fremd gewordene Heimweg lag vor ihm. Nur wenige Schritte weiter und sie würde ihn sehen können. Wenn er sich hier umdrehte und wegging, dann würde sie noch nicht einmal erfahren, dass er dagewesen war. Zurück. Sein Herz stolperte und seine Knie wurden wie warmer Pudding.

Aber vielleicht war sie gar nicht mehr dort. Wartete nicht länger auf ihn in dem großen, leeren Haus.

Nun, nicht ganz leer. Immerhin hatte er auch die Kinder zurückgelassen. Sie musste ihn verachten. Und sie hatte Recht. Aber er würde alles, wirklich alles ertragen, wenn sie nur da wäre. Zum tausendsten Mal fragte er sich, ob

Nora jetzt noch zuhören würde, wenn er ihr zu erklären versuchte, was mit ihm geschehen war. Mit Worten so unvollkommen, dass sie ihm damals nicht hatten über die Lippen kommen wollen. Er hatte mit niemandem sprechen können, danach. Wer hätte auch nur ansatzweise nachvollziehen können, in welch destruktiven Wirbeln seine Gedanken ihn aus seinem Leben gerissen hatten?

Ein junger gesunder Mann, der sich sein Leben erfolgreich gestaltet hatte und der genau das plötzlich nicht mehr ertragen konnte. Er hatte sich ein Gebirge aus Erfolgen und Pflichten zusammengetragen, dessen Ausmaße und Gewicht mit jedem Stein schlimmer auf ihm lasteten, ihn begruben und allmählich jede Luft zum Atmen nahmen.

An jenem Morgen fuhr David einfach weiter. Er konnte den Zug an der gewohnten Station nicht verlassen. Granitschwer war sein Körper, sodass es ihm nicht gelang sich aus dem Sitz zu stemmen. Die Welt auf der anderen Seite der Scheibe wischte vorüber. Streifiges Grün wechselte über in schmutzige Industriegebiete und immer flacher werdendes Land. Nichts davon berührte ihn. Die Welt sprach nicht länger zu ihm. Nicht verstummt, nein, als würde er die Sprache, die sie benutzte, nicht mehr verstehen.

184

Über der verblassenden Erinnerung presste David die Augen zusammen und fasste den Riemen fester. Die altbekannte Atemnot jedoch blieb aus. Dieses Symptom hatte er überwunden.

Er war damals ausgestiegen, als der Zug die Endstation erreicht hatte. Durch unbekannte Straßen wanderte er, mehr als ein Jahr lang. Zuerst hinunter zum Hafen, dann über das Meer, von einem fremden Land in das nächste. Dabei trug er nicht mehr als seinen Rucksack bei sich.

Durch die Länder ließ er sich treiben. Ziellos wie Totholz im Salzwasser. Er arbeitete von Sonnenaufgang an, bis sein Körper zu erschöpft war zum Denken. Dann sackte er einfach auf der ihm zugewiesenen Schlafstätte zusammen und versank in gnädige Dunkelheit.

In einem Hafen, einem unter unzähligen, blickte er ohne besonderen Grund auf. Zum ersten Mal nahm er nicht mehr den Kai und die Lastkräne, die Polder und Taue wahr, sondern das Meer.

An diesem Abend fiel David nicht in seine Koje, sondern folgte der schmalen Straße aus dem Hafen hinaus in die Gassen der Stadt. Weiß gekalkte Häuser, zwischen denen sich die Hitze des Tages staute. Lichter, die in den Olivenbäumen hingen und die einfachen Tische beleuchteten. Männer, alte und junge, die Kaffee und Raki tranken und Backgammon spielten. In ihrem melodischen Singsang über Gott und die Welt sprachen, während leise klickernd Perlenschnüre durch ihre Finger glitten. David sah sich um und saugte all dies warme Leben in sich auf wie ein Verdurstender. Endlich gesättigt, kehrte er müde zum Hafen zurück. In einer kleinen Cafeteria gönnte er sich einen süßen und starken Kaffee. Gleich neben der blubbernden Maschine erblickte er einen Ständer mit vergilbten Postkarten. Sein Sohn liebte diese Karten, die von den entlegenen Orten erzählten. David kaufte eine.

Das tat er auch im nächsten Hafen und im übernächsten und immer weiter, bis … bis er sich endlich fand. Er wog den Stapel dicht beschriebener, bunter Grüße an seinen Sohn und seine Tochter noch einmal in der Hand und stopfte sie dann in den nächsten Briefkasten. Für seine Frau hatte er auf jede Karte ein Herz neben ihren Namen gemalt.

Entschlossen setzte David einen Fuß vor den anderen. Nur noch zwanzig Schritte, dann stand er vor seiner Haustür. Oder vor dem, was einmal sein Zuhause gewesen war.

Ob sie ihn erkennen würden? Mit dem langen Haar, das er mittlerweile als Zopf trug. Dem Bart, den er nur so weit stutzte, dass er ihm nicht im Essen hing. Braungebrannt, mit losem Hemd und zerrissener Jeans. Lediglich der schmale Goldreif schimmerte locker an seinem Finger. Einziger Luxus, den er noch besaß.

Die Tür ging auf. Sein Sohn stand vor ihm. Nach dem ersten Schrecken, der den Jungen sprachlos machte, begann er lautstark nach seiner Mutter zu rufen und knallte David die Tür vor der Nase zu. Verblüfft, aber nicht wirklich überrascht, drückte David auf die Klingel. Der vertraute Ton schallte durchs Haus. Zögernd öffnete sich die Tür erneut. David war einen Schritt zurückgetreten, um nicht aufdringlich zu wirken. Vielleicht gab dieser geringe, aber doch entscheidende Abstand Nora die Möglichkeit, ihn ganz zu erfassen. Nach anfänglicher Skepsis, sogar Ablehnung, schlich sich in ihren Blick Erkennen und Schmerz. Eine Qual, die er ihr bereitet und die ihr Gesicht zerschnitten hatte. In jeder winzigen Falte um Augen und Mund sah er den Gram hocken. Über ihrem einst schimmernden blonden Haar lag die Traurigkeit wie ein stumpfer Schleier. Und ihre Lippen presste sie fest zusammen, bis nur noch ein schmaler Strich übrig blieb.

Neugierig lugten hinter Noras Rücken seine Kinder hervor.

„Mama? Wer ist der Mann?"

Nora holte tief Luft. „Nun seht einmal genau hin. Hinter all diesen Zotteln ist euer Vater."

Noah kniff die Augen zusammen und musterte ihn angestrengt. Ganz, als benutzte er eine Heckenschere, um den ihm bekannten Vater herauszuschneiden aus seinem Gegenüber. Seine Tochter Dana aber sah ihm tief in die Augen. Dann riss sie die Arme hoch und stürzte ihm entgegen. Einen kurzen Lidschlag später folgte ihr Bruder. Sie drückten sich an ihn und er sich an sie. Alle drei waren von ihrer grenzenlosen Freude berauscht. Diese Woge des Glücks schwemmte sie über die Schwelle ins Haus. Nora schloss stumm die Tür.

„Komm, Papa, wir müssen dir etwas zeigen." Noah und Dana zogen ihn vorwärts bis ins Wohnzimmer. Die vertraute Einrichtung war verschwunden. Dafür lagen einige Kissen auf dem Boden. Ein niedriger Tisch. Die Sessel waren abgewetzt. Sie passten nicht zusammen. Von dem antiken Mobiliar war kein Stück mehr geblieben.

An der Wand, die einst hinter einer Jugendstil-Vitrine von Charles Rennie Mackintosh verborgen gewesen war, breitete sich ein farbenprächtiges Bild aus. Auf den ersten Blick glich es einem Puzzle. Als David es genauer betrachtete, erkannte er all seine Postkarten. Und nicht nur das. Die Karten waren auf einer Weltkarte angebracht und mit roten Wollfäden verbunden. Seine ganze lange Reise.

„Wir haben zu jedem Land, in dem du warst, selbst Bilder gemalt, sieh nur."

Da gab es Bilder von Palmen, Kamelen, Sandstränden, darüber hinaus von Häusern, die wie Schwalbennester an steilen Küstenfelsen klebten, Segelbooten und Containerschiffen auf hoher See und … Leuchttürmen.

„Sie haben gehofft, dass dich einer davon den Weg nach Hause finden lässt", flüsterte Nora ihm über die Schulter ins Ohr. David wandte den Kopf, um ihr in die Augen sehen zu können. Mit fest vor der Brust verschränkten Armen erwiderte sie seinen fragenden Blick.

Die begeisterten Beschreibungen seiner Kinder gerieten in den Hintergrund.

„Und du …", fragte er tonlos, "wolltest du mich auch zurück?"

Nora sah von ihren Füßen zur Wand und schließlich David direkt in die Augen. Ihr Blick schnitt tief. Sein Herz stolperte einen Schlag lang, dann antwortete Nora ihm.

„Wenn Noah und Dana nicht gewesen wären, dann … wäre ich nicht mehr hier. Sie haben immer an dich geglaubt. Und sie haben mich daran erinnert, dass es wichtig ist, einem Freund zu helfen, ganz gleich, wie dumm er sich benommen hat. Meine Freundschaft zu dir ist der Grund, warum wir hier stehen."

David schluckte. Das war viel. Eigentlich viel mehr, als er erwartet hatte. Und hatte erwarten dürfen. Deshalb wunderte er sich über sich selbst, als ihm die nächsten Worte aus dem Mund fielen.

„Und unsere Liebe?"

„Wir werden sehen."

Von dem, was bleibt

David legte seine wettergezeichnete Hand auf das Holz. Hinter der geschlossenen Küchentür vernahm er das Klappern von Geschirr. Nora hantierte mit dem Abwasch.

Er hatte seine Kinder zu Bett gebracht und sie waren erst eingeschlafen, als seine im letzten Jahr wenig gebrauchte Stimme kratzig geworden war.

Nun stand er im gedämpften Licht des Flures, lauschte Nora und wusste nicht wohin mit sich.

Unausweichlich näherte sich der Moment, in dem er mit Nora allein sein musste. Sein Herz übersprang einen Schlag. Wie fremd er sich im eigenen Haus fühlte. Fremde klopfen, wenn sie Eintritt erbitten. David hob die Hand und stockte.

Ihr Gespräch vom Nachmittag kam ihm erneut in den Sinn. Von Freundschaft hatte Nora gesprochen. Wie sollte er sich das vorstellen, nach seinem Jahr in der Welt? Seine Zweifel, die er noch am Nachmittag streng aus seinem Kopf verbannt hatte, meldeten sich bedrohlich zurück. Nora hatte nicht gelächelt und ihre Augen waren stumm geblieben. Kein besänftigendes Leuchten, keine Ermunterung, auf sie zuzukommen.

Was verbarg Nora hinter diesen verhangenen Spiegeln, durch die er einst ihrer Seele folgen konnte? Noch immer sich selbst, seine Frau?

Vielleicht zur Hälfte, wenn er sie rein äußerlich betrachtete. Tief holte David Luft. Würde sie seine Nähe zulassen, selbst wenn die Kinder nicht mit ihnen im Raum waren? Wie ...?

Die Fragen türmten sich auf und brachen über ihm zusammen. Jede von ihnen zog eine weitere nach, forderte in seinem Kopf laut, gehört zu werden. Ein aufgewühlter Ozean, dessen verheerende Wellen erst am Ufer zerschellten. Genau so würden sich seine Fragen erst auflösen, wenn er sich Nora stellte. David war sich der Untiefen bewusst, die er durchquerte, aber hinter dieser Tür wartete sein Ufer auf ihn. David klopfte.

Gedämpft klang Noras Stimme, als sie ihn hereinbat. Die hell erleuchtete Küche empfing David. Sofort stieg ihm der Duft frisch gebrühten Kaffees in die Nase.

"Willst du einen?" Nora deutete auf die Thermoskanne. Er nickte und sah sich nach seinem Stuhl um. Der Küchentisch war über und über bedeckt von Zeitungen. Nora stellte ihm einen frischen Becher hin und schenkte zuerst ihm und dann sich selbst ein. Als sie die Tasse umfasste, bemerkte

David ihre geschwärzten Finger. Schweigend tranken beide.

"Entschuldige, ich muss weitermachen." Nora wandte sich dem geöffneten Küchenschrank zu. Ihr Blick war dem seinen schnell ausgewichen.

Den Becher noch immer fest umschlossen, verfolgte er jede ihrer Bewegungen. Sie war offensichtlich nicht mit dem Abwasch beschäftigt. Der Küchenschrank war fast leer, lediglich zwei Gläser standen noch darin. Sie nahm sie heraus, griff nach einem Stück Zeitungspapier und wickelte jedes vorsichtig ein. Dann bückte sie sich unter die Arbeitsplatte und tauchte mit leeren Händen wieder auf.

David musterte Nora ungläubig. Und von all den vielen Fragen blieb eine, an die er niemals gedacht hatte.

"Du ziehst aus?"

Nora stockte, blickte um sich und nickte ihm zu. "Ja. Ja, so könnte man das nennen, was ich hier mache." Sie ergriff eine Rolle Klebeband und verschloss den Karton.

"Warum hast du nichts gesagt?" Auch die Kinder hatten nicht ein Wort davon erwähnt.

"Hm, lass mich einmal überlegen. Es könnte vielleicht daran liegen, dass du über ein Jahr lang aus unserem Leben verschwunden warst. Da kann es schon mal vorkommen, dass die Zurückgelassenen beginnen ihre eigenen Entscheidungen zu treffen."

So, nun zeigte sich allmählich, was sich hinter ihrer Schale verbarg. David ließ sich bekümmert in die Schwärze seines Bechers fallen. Alles, was jetzt ausschlüpfte, hatte er verdient. "Es tut mir leid."

"So, es tut dir leid. Nun, mir auch." Energisch klappte sie einen neuen Karton auf, um im nächsten Moment innezuhalten.

"Mehr fällt dir nach all der Zeit nicht ein als ein lahmes 'Es-tut-mir-leid'?" Zum ersten Mal sah David deutlich die Spuren, die das vergangene Jahr hinterlassen hatte. Nora war schmal geworden und zwischen den Brauen zeichnete sich eine steile Falte ab. Ihr wunderschöner, sinnlicher Mund hatte einen sehr harten Zug bekommen.

David hob die Schultern und suchte nach jenen Worten, die er sich sorgsam zurechtgelegt hatte, um ihr begreiflich zu machen, was mit ihm geschehen war. Aber sie waren alle fort. Weggeweht von dem Sturm, der sich hier gerade zusammenbraute.

"Also sind wir wieder genau dort, wo wir damals waren. Du sagst nichts und bist eigentlich schon wieder fort." Nora schüttelte den Kopf. Wenn Enttäuschung einer Gestalt bedurft hätte, so stand sie nun vor ihm.

"Nein, Nora, so ist das nicht." David musste sich räuspern. "Ich konnte nicht. Ich habe geglaubt, ich werde verrückt ... Ich wollte euch nicht ..." Er brach ab und sah sie verzagt an.

Nora musterte sein Gesicht, seine Augen und zum ersten Mal sah sie ihn wirklich an, seit er zurückgekommen war. Dann blinzelte sie.

"Hm, ... ich denke du wirst keine andere Bleibe haben für heute Nacht?", wechselte sie so abrupt das Thema, dass ihm beinah schwindlig wurde.

Verneinend schüttelte er den Kopf.

"Vielleicht kann ich ... im Wohnzimmer schlafen?" In Gedanken schlich David zu seinem Bett, und ebenso rasch verwarf er diese absolut unsinnige Fantasie wieder. Dafür kannte er Nora zu genau.

"Ja, das ginge." Ihre Antwort klang bereits abwesend. Sie plante sicherlich schon ihre nächsten fünf Schritte, während weiteres Küchenzubehör im Karton verschwand. David beschloss sich mit der Gestaltung seines Nachtlagers zu beschäftigen.

"Danke. Wo hast du die Decken?"

"In der Truhe, wie immer." Kaum war ihr die Antwort entschlüpft, riss sie den Kopf hoch und sah ihn schuldbewusst an. David lächelte ein sehr kleines, verborgenes Lächeln und ging hinüber ins Wohnzimmer. Diese Situation war so weit von dem entfernt, was er sich vorzustellen vermocht hatte, dass er keine Prognose für die Ereignisse der nächsten fünf Minuten wagen konnte.

"David?" Ihre Stimme schlich sich von hinten an ihn heran und er ließ die Decke sinken.

Wie sie dort in der Tür stand, sanft beleuchtet vom Flurlicht und nicht wusste, wohin mit ihren Händen. Ein kleines Mädchen, das dem großen Unbekannten gegenübertritt.

"Ich versteh schon ..."

"Nein, tust du nicht. Plötzlich bist du wieder da, aber ich kann es kaum glauben. Gestern warst du noch wer-weiß-wo und ich musste mich allein durchschlagen. Ich ziehe hier aus, weil ich muss. Ich konnte für nichts mehr aufkommen. Verkaufen konnte ich es aber auch nicht. Dazu brauchte ich dein Einverständnis. Du hast unser gemeinsames Leben zerstört. Ich weiß nicht, ob du bleibst oder wieder gehst. Was soll ich den Kindern sagen? Ich ... oh ..."

Jetzt glitzerten doch Tränen in ihren Augen. Wie gern wollte er sie in den Arm nehmen. Doch noch war da zwischen ihnen ein Stück der Mauer, die sie zu ihrem Schutz errichtet hatte. Langsam löste David sich und ging auf Nora zu. Er schob sie vorsichtig in die Küche zurück, drückte sie auf einen Stuhl und setzte sich ihr gegenüber. Dann umfasste er ihre Hände.

"Hör mir zu. Nur wegen euch bin ich zurückgekommen. Und ich bleibe, wenn du ... wenn ihr das möchtet. Das alles hier ist nicht wichtig. Und wenn du es verkaufen willst, bitte. Dann finden wir etwas anderes ... für uns ..."

Den Kopf noch immer gesenkt, nickte Nora zögerlich.

"Du hast das Haus vermietet?" Wieder ein blickloses Nicken.

"Habt ihr eine Wohnung?" Jetzt schüttelte Nora den Kopf, seufzte und sah auf.

"Wir ziehen zu meinen Eltern. Den Kindern habe ich gesagt, wir besuchen Oma und Opa für einige Zeit, weil Oma Hilfe braucht." Zwischen den Sätzen klang die Entschuldigung mit, dass niemand mit ihm gerechnet hatte und seine Schwiegereltern vorerst auch nicht besonders gut auf ihn zu sprechen sein würden.

David räusperte sich und sah zu den Zeitungen auf dem Küchentisch.

"Nun, dann werde ich in denen nach einer Wohnung suchen, bevor du sie zum Einwickeln gebrauchst."

"Ich kann den Rest hier auch morgen machen." Damit zog Nora den Stapel Zeitungen näher heran. David holte Noras Tasse und schenkte beiden Kaffee nach.

Über Kaffeeduft und Druckerschwärze hinweg begannen sie zu reden, zögernd kamen die Worte zurück und als die zweite Hälfte der Nacht vom Morgen ausgelöscht wurde, beleuchtete er das, was David und Nora geblieben war.